蒋志华 —— 著

初阳夕拾

诗词一千首

天津出版传媒集团

天津人民出版社

图书在版编目（ＣＩＰ）数据

初阳夕拾：诗词一千首 / 蒋志华著 . –– 天津：天
津人民出版社 , 2019.10
　ISBN 978-7-201-15229-5

　Ⅰ . ①初… Ⅱ . ①蒋… Ⅲ . ①诗词 – 作品集 – 中国 –
当代 Ⅳ . ① I227

　中国版本图书馆 CIP 数据核字 (2019) 第 194108 号

初阳夕拾：诗词一千首
CHUYANG XISHI : SHICI YIQIANSHOU

蒋志华 著

出　　版　天津人民出版社
出 版 人　刘　庆
地　　址　天津市和平区西康路 35 号康岳大厦
邮政编码　300051
邮购电话　（022）23332469
网　　址　http://www.tjrmcbs.com
电子信箱　reader@tjrmcbs.com

责任编辑　张素梅
封面设计　王　鑫

制版印刷　三河市嘉科万达彩色印刷有限公司
经　　销　新华书店
开　　本　787 × 1092 毫米　1/16
印　　张　25
字　　数　113 千字
版次印次　2019 年 10 月第 1 版　2019 年 10 月第 1 次印刷
定　　价　99.00 元

三言两语

韩仲琦

手捧志华君寄来汇集其千首诗词的《初阳夕拾：诗词一千首》，总觉诚惶诚恐，沉吟数十日一直无法下笔。我自知中华诗词源远流长，博大精深，格律神韵，回味无穷，实在担不起这重任——为之作序。

我与志华君相识于津门，一晃几十年，虽同在一个系统工作，然直至其退休，始终不知他除工作之外竟如此酷爱诗词，更不知他在诗词造诣上已有如此功力。在我的眼里，志华君是一位在事业上呕心沥血的人，当年在极度困难的条件下，他能将主政下的浙江农行打造成为全系统首屈一指的金牌分行，实属不易，这也展示了他过人的才智与能力。记得他退休时，我曾在一份材料上写过这样一句话：志华同志无论做人做事，均堪称楷模，值得我们大家学习。

往事已矣，今天的志华君又以诗人的面目出现，且笔耕不辍，创作出了千余首诗词，其涉猎之广、作品之丰，令我赞叹不已！事业成功，兴趣结硕果，当是人生两大快事，倘若眼前有酒，我真想为他浮一大白。

读着他的诗词，我的身与心仿佛也融入了字里行间，循着他的诗词轨迹，或遨游于名山大川，或漫步于乡间小道，或壮怀激越，或浅吟低唱。诗词中那"天人合一笑春风""苍穹任我数繁星"的美妙意境，那"年年

1

春回思劳燕，今日墓前泪水咽"的思母之情，那"业无豪言壮语，只望挺邦风"的一腔情怀，让我感动，让我陶醉。

每个人都有自己的追求，在我看来，志华君追求的是卓越，事业上如此，吟诗、填词、作赋亦如此，不干则罢，要干就干到极致，这也许是他最突出的特点。那首《阮郎归·病中吟》便是最好的例证："搜字句，细裁量，我言自己狂。平平仄仄结成行，病歌更断肠"。看似信手拈来，实则千磨万击，何况在病中，这字字皆是血的精神，怎不让人敬佩？我花了几天时间读完他的诗词集，总的一个感觉：那不是一般意义上的诗词，那是用心血浇灌出来的花朵，那是用激情催生出来的乐章，虽不言字字珠玑，但至少句句精雕细刻。

我认识的许多朋友都热衷于谈诗、写诗。培根说过，"读史书使人明智，读诗书使人灵秀"。此言的确不虚，读诗可以净化人的心灵，陶冶人的情操，丰富人的感情。读志华君的这本诗词集，我感同身受。他的人生感悟及见解，常常引起我思想上的共鸣。我为有这样一位才华横溢、文思敏捷、勤奋好学的同事和朋友而自豪。

志华君曾告诉我，他想以此书作为诗词生涯的总结，似有封笔之意，窃以为大可不必，作为一段心路的小结尚可，君春秋还盛，前路风景还多。年轻的朋友们还等待着不断拜读他的新作，以从中受教、获益，作为老朋友，我更衷心地希望他宝刀不老，长歌不息！

是为序。

己亥仲夏于成都

（作者为中国农业银行原党委副书记、副行长）

总目录

五　绝

五　律

七　绝

七　律

古　风

17

词

赋

后　记

初阳夕拾 诗词一千首

五绝

白露晨拾[1]

露待东方白，花催桂子黄。
河天共一目，草木尽生光。

【注】

　　[1] 乙未白露作于东钱湖。

白沙奇雾[1]

日暮江风雨，寒花渌上开。
飘然游梦境，疑是九重台。

【注】

　　[1] 杭州新安江水电站建成后，江水自水电站流至下游白沙城形成一道宛如仙境的晨雾，如梦似幻，被誉为"白沙奇雾"。

白头吟

几度春秋逐，一宵白了头。
鬓霜千里月，依旧沐风楼。

笔耕窗月

窗流月色清，咬字伴秋萤。
欲睡灵犀动，磨肠五德[1]鸣。

【注】

　　[1] 五德为鸡的别称。

病房吟

漫漫登山路，闻鸡过大关。
瞰临群岭矮，独立九峰山。

步虚亭观景[1]

阶步景当屏，阴阳妙绘成。
昆台[2]湖影小，唯有柱天擎。

【注】

[1] 此处指浙江省缙云仙都风景区的步虚亭。

[2] 古称神仙居住的地方为昆台。

参观黄埔军校旧址[1]

军港长洲岛，关山海纳川。
风云多少事，正义铸凛然。

【注】

[1] 黄埔军校旧址位于广州市长洲岛，为孙中山在苏联的帮助下创办的军事学校，原名是"中国国民党陆军军官学校"，后更名为"中华民国陆军军官学校"。

参观江厦潮汐电站[1]

潮汐天天有，装机电可流。
用之称不竭，清洁送千秋。

【注】

[1] 江厦潮汐试验电站位于浙江省温岭市，其规模位列世界第三，是一座我国自主研发、制造、安装的潮汐能开发利用的国家级试验基地。

参观秦俑博物馆[1]

深睡两千年，春来喜见天。
奇观兵马俑，秦梦地宫烟。

【注】

[1] 秦始皇兵马俑博物馆位于西安市临潼区，坐落在骊山和渭水之间。馆内有著名的秦兵马俑坑遗址，是著名的秦文化展示基地。

草原晨步

鸟语催人醒，清香脚步匆。
听泉观日出，峰雪瞬间红。

朝天[1]扶贫即兴

明峡[2]谱新吟，欢歌海岳浔。
越空观蜀道，满目绣花蓁。

【注】

[1] 此处指四川省广元市朝天区，处于川、陕、甘三省交界处，有"秦蜀重镇""川北门户"的称号。浙江省农业银行自1997年起一直对朝天区进行结对帮扶。1998年余在朝天区即兴赋此诗。

[2] 明峡指朝天区明月峡，李白过此作有《蜀道难》名篇。明月峡被誉为"中国道路交通发展的活化石"。

晨拾昆明花市微信

毕竟是春城，芳香溢远滇。
清晨花市早，何不插清瓶。

乘椅上楼

居高逢七五，未享电梯辅。
幸得同仁护，肩舆[1]到五楼。

【注】

[1]肩舆即轿子。

出病房[1]

七年曾话别，不应苦相逢。
从此轻身步，驰云览九峰。

【注】

[1]记于2017年2月7日。

春分拾韵[1]

露压菜花盛，风吹麦地青。
缘春逢喜霁，莫待日西耕。

【注】

[1]每年3月21日（或20日）为春分。此时太阳直射赤道，昼夜时间平分，因此春分也称作"日中"。

春日偶感

草色迷人眼，梨花白雪酥。

湖东风欲静，水面翠岚浮。

春　思 [1]

元春才二日，母逝十三年。

泪眼愁思舍，依稀旧梦间。

【注】

[1] 写于 2013 年元月。

春熙路 [1] 见闻

长街锅气旺，龙坎笑声淹。

昼夜长蛇阵，锦城一壮观。

【注】

[1] 春熙路位于成都市锦江区，被誉为中国特色商业街。

春　夜

花雨淹春路，香风入小楼。

西湖丝柳月，一拂一乡愁。

春早松台山 [1]

莺细二三三，馨馨白玉兰。
悠悠流盼阁，早早有人闲。

【注】

[1] 松台山位于浙江省温州市，周围有妙果寺、落霞潭、普觉庵、金沙井四处温州著名景点，海拔较低，面积较大，是温州市民晨练晚唱活动的佳处。

答谢纪清源先生中秋贺诗 [1]

淡淡中秋节，浓浓掬桂风。
长长思友笛，曲曲玉光生。

【注】

[1] 纪清源先生甲午中秋贺诗

一

夜来忽梦当年事，醒觉腮下枕上湿。
尽是梦中思君泪，情舟一片到西池。

二

又闻月照桂花香，他乡望月思兄乡。
愿借滇海一掬水，化作秋云飞君旁。

大慈岩 [1]

悬空百丈崖，草石笔生花。
巍立天尊佛，江南小九华。

[1] 大慈岩位于浙江省建德市，其主殿寺庙地藏王大殿依山而建，一半嵌入岩腹，一半凌驾悬空，有"中华一绝"之称。

大理速写

玉洱[1]万丛诗，银苍[2]五色姿。
塔三[3]唐韵奉，古国雨花滋。

【注】

[1] 玉洱指大理市洱海。

[2] 银苍指苍山，由19座山峰组成，横跨大理境内，是大理天然的保护屏障。

[3] 塔三指崇圣寺三塔。

大树下别兄

雨打匆匆别，风吹阵阵酸。
心寒肠送断，泪尽再无还。

悼两君

昨洒申城泪，今奔婺上霜。
谢翁天有路，立者惜时光。

登八达岭长城[1]

隘锁关山路，锋吞古道磷。
燕山存史碣，壮显九州魂。

[1] 八达岭长城位于现北京市延庆区，旧时为明长城的隘口之一。

登观鱼台 [1]

拾级伴花香，云中见泽光。
窥看湖怪现，只是远茫茫。

【注】

[1] 观鱼台位于新疆维吾尔自治区布尔津喀纳斯景区内，其与湖面垂直落差达六百余米，为观"湖怪"的最佳之处。

滴翠 [1] 清影

月挹云间水，亭拥玉睡莲。
方池千丈翠，干莫九重悬。

【注】

[1] 滴翠潭因潭边钱君陶所提"翠"字闻名，是莫干山著名景点。

读诗有拾 [1]

诗韵青云掬，飘扬五大洲。
笔耕三万里，润墨世间流。

【注】

[1] 黄亚洲先生参加秘鲁世界诗人大会，行经巴西，作诗《我的马丘比丘》发表在《美洲华报》上，读后有感。

端午偶拾 [1]

一年复一年，街上换新鲜。
书可凭斤卖，文章算值钱。

【注】

[1] 乙未端阳，偶尔上街，看到一家有一定规模的书店挂着横幅：书店倒闭，图书论斤卖，每斤 11 元起。进去看了一下，各种图书琳琅满目，古诗词书籍也不少，屈原写的《离骚》，论斤计价，估计能卖几分钱，不禁感慨万千。但比起良心、道德来，还算值钱。

梵宫 [1] 观感

妙应高厅煜，圣坛醒世禅。
蟾宫印月玉，移步到灵山。

【注】

[1] 梵宫指无锡市灵山梵宫，是一座集文化、艺术、旅游、会议等功能于一身的当代佛教艺术馆。

峨眉雪景

红日映云杉，千层雾海蓝。
欲观天下景，雪季骋眉山。

访霍尔果斯口岸 [1]

昔日走驮驼，今车织似梭。

商家云集地，热路接天波。

【注】

[1] 霍尔果斯口岸位于新疆维吾尔自治区伊犁哈萨克自治州霍尔果斯市，与哈萨克斯坦隔霍尔果斯河遥相对望。在蒙语中，霍尔果斯意为"驼队经过的地方"（指驼站）。

飞雪迎春

好雪明天事，邀春六九头。

何时重钓雪，待月洒冬舟。

古镇新花[1]

花开万国旗，网络大空圻。

小镇千年水，流光溢菊篱。

【注】

[1] 2014 年 11 月 19 日，祝贺首届世界互联网大会于菊香季节在浙江桐乡乌镇召开。

观经典音乐剧《窈窕淑女》[1]

月静人头翘，卖花引笑音。

浓浓欧土味，入口亦生津。

【注】

[1] 经典原版音乐剧《窈窕淑女》改编自萧伯纳戏剧作品《皮格马利翁》，讲述了一个关于语言与文化冲突的故事。

过上清溪[1] 忘归峡

峡谷万阶奔，丹崖百态岑。
筏舟流急竞，飞瀑送归门。

【注】

[1] 上清溪藏于深山峡谷中，峡谷为典型的丹霞地貌，奇岩跣崖。峡谷曲流，千回百转，时而轻轻流淌，时而奔腾如脱缰野马。忘归峡是上清溪著名景点。

杭城初雪[1]

大雪书琼素，河边蜡象溜。
推窗生玉树，勾我少时忧。

【注】

[1] 戊戌年大雪于杭州。

黄河第一桥[1]

东去水迢迢，兰州不夜锚。
几经风雨急，第一老钢桥。

【注】

[1] 黄河第一桥位于甘肃省兰州市，是一座贝雷式钢桁架公路桥，这是黄河上的第一座公路桥，有着"千古黄河第一桥"的美誉。

纪念毛主席逝世三十九周年 [1]

曦沐千家锦，云腾万丈冈。

河天共一日，九九最难忘。

【注】

[1] 2015年9月9日是毛主席逝世39周年纪念日，早晨旭日东升，河中清晰地倒映着太阳，余摄下河天一日，并赋五绝一首纪念。

寄　内 [1]

中秋月色稠，夜静独添愁。

几诺修漏屋，皆因事务流。

【注】

[1] 余长期在外奔波，家中旧屋多年失修，多处漏水。中秋想回家修理，无奈公务缠身，只得再次告慰内人推延时间，愁绪重重，愧疚万千。

寄　友 [1]

行辉万里程，楼接九穹风。

宏业担家国，潮头百炼锋。

【注】

[1] 辛卯正月于宁波鄞州农行。

寄浙商银行沈阳分行

顺势一犁春，创新七彩辰。

凝心耕沈水，聚力铸行魂。

霁后灵湖[1]

漏夜听风激，清曦欲透湖。

云山镶碧玉，邹鲁[2]绣新图。

【注】

　　[1] 灵湖位于浙江省临海市。

　　[2] 邹鲁指浙江临海。

剑池[1]飞泪

炉煅傲霜枝，潭飞怒发丝。

情淹天下泪，瀑壮九洲知。

【注】

　　[1] 剑池为莫干山著名景点，传说为莫邪和干将铸剑之地。

江上观景[1]

舟泊三江口，灵光炫半空。

举头凝视远，大佛在心中。

【注】

　　[1] 四川乐山大佛正面有岷江、青衣江、大渡河三江汇流，到宜宾注入长江。

蒋家埠[1]

往事烟犹在，汹洪岂再流。

竹林何处去，难解个中究。

【注】

[1] 蒋家埠位于浙江省宁波市北仑区城联村岙口。

景山[1]晨步

月落醒黄鹂，凭栏望海曦。

瓯江能钓雪，全仗此山奇。

【注】

[1] 景山位于温州市西部，有东瓯王墓、唐代护国寺和宋代道观紫霄观等多处名胜古迹，人文底蕴深厚。

九峰山聚会[1]

云淡秋峰美，心诚脚步勤。

同窗无远路，千里即为邻。

【注】

[1] 为2015年10月27日原镇海县第六初级中学首届毕业生聚会留记。

九溪[1]冬烟

雪点红枫佻，流穿五色间。

云归林涧水，染得一溪烟。

【注】

[1] 九溪位于杭州西湖之西，汇集了清湾、宏法、唐家、小康、佛石、百丈、云栖、清头和方家九条溪水，因此称为"九溪"。

橘子洲头[1]

江天暮雪台，明月小蓬莱。
丹橘枝头姹，渔舟晓色开。

【注】

　　[1] 橘子洲头位于湖南省长沙市橘子洲南端，距今已有一千六百多年的历史。杜甫、毛泽东等多位名人在此写下了多篇脍炙人口的诗篇。

坎儿井[1]

巧夺天公井，清泉万里流。
暗渠横涝坝，戈壁绿成洲。

【注】

　　[1] 坎儿井指"井穴"，是一种古老的开发灌溉工程。多建设在荒漠地区。

抗　旱[1]

连晴水断河，烈日煮青禾。
月夜机船拔，冲天抗旱歌。

【注】

　　[1] 是年连续三个月不下雨，稻田龟裂，河水干枯，余夜以继日地在河底推拉抽水机抗旱。

理　发

白发无声长，悠然镜里新。

剃刀缘故旧，对影陌生人。

六十书怀

人生如登山，心急步履跚。
半亭当舞剑，余峰慢慢翻。

龙　溪

晓见龙潭水，轻漂一朵春。
不知深谷处，多少杏花村。

卢　宅 [1]

长风五百年，瀚海泛千帆。
润院培灵秀，青云笔架山。

【注】

[1] 卢宅位于浙江省东阳市东郊卢宅村，自宋代起始建立，直至清代，逐渐形成较为完整的古代民居建筑群。其建筑正前方有座山称为"笔架山"。

芦荡 [1] 问药

清凉百草萌，药味羽花生。
震泽根深荡，瑶池问鹤经。

【注】

[1] 芦花荡公园为莫干山著名景点，有莫邪之父莫元从太湖移芦根的典故。

罗马之夜[1]

月是故乡明，人缘同乡情。
今宵聚罗马，相见春满庭。

【注】

[1] 以此诗拜会意大利华人同乡会。

闽江[1] 茶会

润润闽江水，浓浓故友情。
小楼犹解意，风送醉茶亭。

【注】

[1] 闽江发源于福建、江西交界的均口镇，流入东海。其流经之地多为闽越族、客家族居住，是年应好友高明子邀请访闽，特写此诗感兴。

慕才亭吊苏小小[1]

亭畔岁寒姿，西泠尽吐辞。
搴帷香欲出，青眼寸心驰。

【注】

[1] 苏小小是南齐时钱塘第一名妓，其逝世后葬于西泠桥畔。其墓上覆六角攒尖顶亭，叫"慕才亭"。

暮春湖边闲步

烟雨桃李去，匆匆又杪春。

花香蜂不息，一路草风生。

农忙即景 [1]

半夜月悬天，播声唤灶烟。
欲知农力苦，更四问田间。

【注】

[1] 人民公社时代，夏收夏种季节，公社广播站夜间播音，催农民半夜起床劳作。余在广播站工作，深感农夫之辛苦。

平遥古城 [1]

周代古城墙，雄姿四海扬。
县衙规制久，票号 [2] 冠银洋。

【注】

[1] 平遥古城位于山西省中部。

[2] 日昌升票号号称中国第一票号。

奇观北海岸 [1]

台烛待黄昏，蘑菇可树林。
潮来多少浪，淹没女皇裙。

【注】

[1] 此处指位于我国台湾省新北市万里区的野柳地质公园。

钱塘潮 [1]

钱塘白雪魂，卷浪万千君。

潮起知时落，何缘不满斟？

【注】

    [1] 钱塘江大潮是杭州湾喇叭口的特殊地形所造成的特大涌潮，每年农历八月十五，钱塘江涌潮达到最大，吸引了全国各地的人们前来观看。

芹 江[1]

烟雾笼山色，秋江净月廊。
清风含碧玉，活水自然长。

【注】

    [1] 芹江被称为"山城开化人民的母亲河"，最后流入钱塘江。

青岛[1]缩写

凭栏观碧海，潮遣细沙流。
翠岛红房静，帆风远处柔。

【注】

    [1] 青岛位于山东省的胶东半岛，被誉为"黄海之滨的明珠"。

青韵轩有拾[1]

运水千船梦，长河万里魂。
春光轻抹处，玉润敛瓷门。

【注】

    [1] 癸巳元春作于杭州运河边的剑瓷视界青韵轩。

秋日龙井[1]听泉

试茗山风渐，听泉水有情。
万枝依旧绿，一叶最倾诚。

【注】

[1] 龙井指杭州老龙井。深秋龙井碧翠的茶园中吐出朵朵白花，层绿的山坡中展现片片红叶，让人感慨万千。

求　梦

水尽舟难展，病缠梦不飞。
但催明月影，早照拾诗衣。

求　医

旧历艰翻尽，熬冬又立春。
近医心更急，不想扰旁人。

三月春风

三月春风暖，太湖万顷光。
英才遇明主，广电谱华章。

山　雪

乱雪半途淹，银装裹夕岚。
梨开千树白，花落一条溪。

烧　砖[1]

昼夕守窑台，薪添火眼开。
灰披头上汗，只盼土成材。

【注】

[1] 余年轻时当过砖瓦厂的负责人，尝过烧窑的滋味，亲身经历了当窑工的艰辛。

绍兴周恩来纪念馆[1]

辅世尽千躬，清风盖九穹。
为民谋福祉，浩气贯长虹。

【注】

[1] 绍兴周恩来纪念馆位于浙江省绍兴市区，系依托周恩来故居这处具有明清风格的台门建筑而建。

诗情人生

心中天地宽，笔下好诗多。
世上何为贵，轻轻一首歌。

神农架金丝猴[1]

丽质月生晖，金披蝶绣裘。

群居攀树乐，嬉耍最为悠。

【注】

[1] 金丝猴属仰鼻猴属，常栖于高山密林中，为国家一级保护动物。

沈阳故宫[1]拾零

八角重檐殿，琉璃五彩宫。

前清多少事，洒在十亭中。

【注】

[1] 沈阳故宫位于沈阳市沈河区，是清朝初期的皇宫，距今近400年历史，是我国仅存的两大宫殿建筑群之一，拥有"盛京皇宫"的称号。

十堰[1]酒语

源头酒十壶，醉洗沫生儒。

千岛湖中水。丹江口[2]上醋。

【注】

[1] 十堰市位于湖北省秦巴山区汉水谷地，有着陈世美昭雪的传说。

[2] 此处指丹江口水库，是南水北调中线工程调水源头。生产杭州千岛湖注册的"农夫山泉"矿泉水。

塔尔寺[1]印象

金瓦炫蓝天，清斋数万间。

崔嵬如意塔[2]，静静六百年。

【注】

[1] 塔尔寺位于青海省西宁市鲁沙尔镇，是中国西北地区藏传佛教的活动中心，拥有大、小两个金瓦殿。

[2] 八宝如意塔位于寺前广场，传说是为纪念释迦牟尼的八大功德建造的。

题兰花[1]

天地岁流更，幽香淡淡情。

四时青出鞘，贵为雅风生。

【注】

[1] 兰花属兰科，为多年生草本植物。与菊花、水仙、菖蒲合称"花草四雅"。古人常用兰花比喻美好的事物。

题农行武夷山培训中心[1]

静院春光长，流馨四季香。

莺啼催梦晚，心境似归乡。

【注】

[1] 2011 年 4 月 24 日应培训中心负责人之请而题。

题西子夕照 [1]

靓靓夕西湾，高雄玉重关。

红楼浮碧海，霞气染千帆。

【注】

[1] 此处指位于台湾省高雄港西子湾岸边的"西子夕照"碑刻。

听　泉

茅舍枕沙汀，听泉自作情。

细流依蒲走，生怕梦魂惊。

听雨来诗

端阳读好诗，忘却入何时。

听雨于轩内 [1]，清源便是师。

【注】

[1] 诗人、书画家纪清源，号听雨轩主。

乌江 [1] 寄韵

昨品茅台酒，今尝险渡鱼。

长征颠簸路，饮水忆前驱。

【注】

[1] 乌江位于贵州省威宁县，为贵州第一大河。乌江流域多急流险谷，

因此又被称为"天险"，1935年红军飞渡天险的事迹广为流传。

吴　语[1]

金湖[2]半卷荷，月洒旧时波。
吴语声声美，吟诗一席歌。

【注】

[1] 吴语，又称江东话、江南话、吴越语。是中国七大方言之一。以整齐的韵调著称，有"醉里吴音相媚好"的美誉。

[2] 金湖指苏州金鸡湖。

五月赏荷[1]

花信催人老，何时六月中？
亭东三丈碧，一朵水芙蓉。

【注】

[1] 乙未榴月于西湖撷秀亭。

夕　阳

残照江帆绣，金辉抹岸丝。
夕阳无限好，写景最宜时。

西贡渔歌[1]

海上归帆到，鱼虾酒店游。
黄油时令蟹，醉桌菜之尤。

【注】

[1] 西贡位于香港特区新界东部的西贡半岛，以街边多家烹饪海鲜的餐馆闻名。

西湖会晤[1]

借得一湖船，扬帆入海川。

风云三万里，合作铸金砖。

【注】

[1] 2016年9月4日上午，中国、俄罗斯、印度、巴西、南非金砖五国领导人，在杭州西湖国宾馆举行非正式会晤。

西　施[1]

国色天香秀，千秋黛史垂。

浣江[2]知玉重，粉袖胜须眉。

【注】

[1] 西施本名施夷光，为中国古代四大美女之一，其忍辱救国的事迹，在后世广为流传。

[2] 浣江指西施浣纱的若耶溪。

闲　忙

晨洒窗前草，缕缕沐日光。

春来寒未竟，何必激群芳。

乡 思

年少走天涯，依依四海家。
夜深常忆族，梦品故乡茶。

湘江[1]赏月

一水载金波，千船不尽多。
峥嵘多少事，岁月已成歌。

【注】

[1] 湘江，发源于湖南省永州市九嶷山，是湖南省最大的河流，其中位于湘江江心的橘子洲景点久负盛名。

象饮清流[1]

源出猫儿处，穿城净水来。
痴痴躬岸饮，岫象称奇才。

【注】

[1] 此处指桂林象鼻山。桂林象鼻山简称象山，因其山形酷似一头巨象临江汲水而得名，是桂林山水的代表。

写在杭州湾大桥[1]贯通之时

湾天架月弧，浩海展通途。
梦醒千回味，轻车浪里舒。

【注】

[1] 杭州湾大桥是一座横跨中国杭州湾海域的跨海大桥。建桥前期和建桥过程中，大桥两岸农业银行积极承诺和调度资金，大力支持大桥建设。特别是 2001 年，时任农行嘉兴市分行行长的冯建龙受命赴京就此项目贷款总行审批"应考"的事迹，传为佳话。应大桥指挥部的邀请，我有幸于大桥贯通之时登上大桥考察观光，如梦如幻，感慨万千。

新年吟望

梅蕊赐平安，松风驶顺帆。

新谐祈福曲，一路艳阳天。

宿上海国际饭店[1] 所见

长街十里灯，朝鸟问晨更。

荷叶饴清露，云楼掬淡青。

【注】

[1] 上海国际饭店地处繁华的南京西路，与人民公园隔街相望，20 世纪 30 年代有"远东第一高楼"之称。

选举有感[1]

明月家家有，清风不载尘。

人间何是贵？信任敌黄金。

【注】

[1] 此诗作于 2013 年 11 月机关离退休人员党总支第一届委员会选举。

新安江

日出穷江雾，帆归满月花。
渔歌新谱夜，曲曲炫星华。

羊年岁末赠建伟履职一年 [1]

卅载磨三尺，开泰敌十年。
键盘捶业绩，数字入云天。

【注】

[1] 2015 年 12 月 29 日，吴建伟调至浙商银行分管科技工作一年述职，卅载磨一剑，一年超十年，业绩显著，令人高兴，特赋五绝一首相赠。

夜　雨 [1]

漏夜看瓜蓑，雷光半树遮。
清风来一梦，绿荫满山坡。

【注】

[1] 雷雨夜，余在深山看管西瓜地自勉。

夜　思

窗流月色清，咬字伴秋萤。
欲睡灵犀动，磨肠五德鸣。

夜写年终总结

灯花告月移，咬稿半更衣。

生怕东方白，三惊报晓啼。

伊犁[1]拾景

伊地瓜萄好，红提味最纯。

满街薰岛草[2]，香气可追人。

【注】

[1] 伊犁哈萨克自治州位于新疆维吾尔自治区天山脚下，简称伊犁，有"塞外江南""花城"的美称。

[2] 伊犁有着"中国薰衣草之乡"的称号，目前是中国最大的薰衣草种植基地。

丹江口水库[1]

万顷碧波馨，天堤锁汉粼。

滔驰千里骥，一路到京津。

【注】

[1] 丹江口水库位于湖北省十堰市，是南水北调中线工程调水源头。

咏 菊[1]

秋抹几层霜，芳魂露艳光。

芳园千妩谢，靓女独时妆。

[1] 菊花是中国十大名花之一，与梅、兰、竹并称"花中四君子"，诗人常用菊花表达清寒傲雪的品格。

咏辽宁舰[1] 交付入列

东溟涌浪高，航母逸涛遨。
长我中华志，风云第一号。

【注】

[1] 辽宁舰指辽宁号航空母舰，是中国人民解放军海军第一艘可以搭载固定翼飞机的航空母舰。前身是苏联海军的瓦良格号。

咏钱塘潮

钱塘白雪喷，百万怒涛军。
潮起潮时落，风怀揖满斟。

咏秋雪庵[1]

秋楼咏雪花，两浙奉词华。
渚墨香千里，芦风韵万家。

【注】

[1] 秋雪庵位于浙江省杭州市西溪河渚湿地，为"西溪八景"之一。其名字取自唐人诗句"秋雪濛钓船"，现庵中奉祀的是历代两浙词人姓氏。

游八仙湖[1]

日出照琼台，风光碧玉栽。

月沉三峡影，疑是八仙来。

【注】

[1] 八仙湖位于浙江省天台县琼台仙谷景区，景区为花岗岩地貌典型景观，有著名的"李白题诗岩""仙人聚会"等景观。

游大明湖[1]

佛山百里晴，历下有清风。

莲子千年熟，澜舟水底峰。

【注】

[1] 大明湖位于山东省济南市，与千佛山、趵突泉并称"济南三大名胜"，其面积广阔，有着"中国第一泉水湖""泉城明珠"的称号。

游杜甫草堂[1]

风扫屋茅尘，堂前草木新。

诗长人不老，千古巨篇吟。

【注】

[1] 杜甫草堂是唐代诗人杜甫的故居，位于四川省成都市浣花溪畔，杜甫在此创作两百余首诗词，其中《茅屋为秋风所破歌》最为著名。

游七星岩洞[1]

伴月摩星路，淙淙百万年。

瑶宫瑛玉兔，岁岁请神仙。

【注】

[1] 桂林七星岩是国内所存古老的地下河道，岩洞内拥有古榕迎宾、边寨风光等多个著名景点。

游石林[1]

奇林天下绝，称弟实为谦。

瑰宝迷人眼，玮琦碧昊间。

【注】

　　[1] 此处指昆明石林。昆明石林以石多似林而闻名，被誉为"天下第一奇观"。

游桃花庄[1]

流芳仁寿地，陇里小江南。

四合香飘醉，灯笼鸟赏闲。

【注】

　　[1] 桃花庄位于兰州市安宁仁寿山公园，有老子广场、仿古一条街等多个著名旅游景点。

有感昆明天气[1]

三伏煮杭州，春城又弄秋。

天高云客去，听雨大观楼。

【注】

　　[1] 时值三伏，杭州连续高温，万里无云。有朋友发微信告知，昆明细雨飘然，凉爽如秋，真羡慕也。

竹海云雾 [1]

海上飘葱荫，穹苍渺岛山。
白云千点翠，月榭舞翩翩。

【注】

[1] 此处指莫干山著名景观。莫干山拥有多年的历史，其山顶多云雾飘浮，山上竹子遍布，远望过去，犹如莅临仙境。

有感南京大屠杀死难者国家公祭日 [1]

血海淹天日，追思可励今。
兆金容易得，最贵国人心。

【注】

[1] 2014年2月27日十二届全国人大常委会第七次会议审议决定将12月13日设立为"南京大屠杀死难者国家公祭日"，悼念南京大屠杀所有的死难者。

又去杜甫草堂

风清茅屋净，堂旧草花新。
诗巨人生短，留予世代吟。

元宵节

数日窗前断，霄光浸柳梢。
春风梅几朵，邀我闹元宵。

月城夜吟 [1]

归鸟山空静，蓝池锁玉窗。
欲摩宫阙貌，邀月到西昌。

【注】

[1] 西昌位于川西高原，海拔高、空气纯净，是中国著名的赏月胜地，因此有"月城"的美誉。

运河情 [1]

短短人生路，长长古运河。
乡情流不尽，满载一船歌。

【注】

[1] 2014 年 4 月 27 日镇海籍老乡于杭州京杭上院运河畔。

运河之水

风雨大江河，千年不朽歌。
凤凰山下碧，百舸载星娥。

赞标兵

银海风云激，天台数小萍。
潮头谁胜出，敢拼必能赢。

赞河长制

开门十里淙，治水九千功。
河长担当制，清流映碧空。

招宝山^[1] 植树

种树上涛山，流珠湿汗衫。
回头三里绿，忽似晓春添。

【注】

[1] 招宝山又名侯涛山，位于浙江省宁波市，是中国著名的镇海关隘、甬江咽喉和海防要塞，有"浙东门户"的称号。诗作于1982年，是余在镇海工作时上山植树有感随笔。

中国财税博物馆观感^[1]

物博归吴阁，千年一日还。
理财民是水，赋税若舟帆。

【注】

[1] 2011年2月24日杭州宁波经济促进会镇海分会组织参观中国财税博物馆，馆长做介绍，并陪同参观。

仲夏寻荷^[1]

湖夏粼波绿，池园酒似歌。
蜻蜓花作乐，柳叶沁香荷。

[1] 此处指曲院风荷。曲院风荷位于西湖以西，是南宋官家酿酒的酒坊。余甲午仲夏作于杭州曲院风荷。

重阳小令

莫道山阳短，人情似故乡。

蓦然回一目，望断菊花墙。

重游九曲溪[1]

九曲载千丘，三漂劲未休。

重游夷水景，难舍一溪流。

【注】

[1] 九曲溪位于福建省武夷山中，贯穿武夷山脉，有三弯九曲的特色，故名九曲溪。

竹林寄兴

溪边翠竹林，难见日西沉。

春草何时绿，黄莺已啭音。

竹楼听雨

漏夜一秋潇，涔涔凤尾摇。

千愁都可解，乡梦却难消。

捉笔大足石刻 [1]

一足印宝山，千崖烨巨篇。
精雕人世谱，多少感恩勘。

【注】

[1] 大足石刻位于重庆市大足县，初建于1179—1249年间。以"内容广、技艺精"著称。其中以宝顶山、北山的刻像最为著名，是中国石刻艺术的代表作。

唐诗之路 [1]

李杜笔潇潇，草丛韵味遥。
天台穷此地，一目尽千娇。

【注】

[1] 唐诗之路指台州市民广场的主题石雕群。

新年新翻

岁庆报平安，梅开顺水帆。
新弹祈福曲，一路艳阳天。

赠友退休

人生大舞台，难得把花栽。
都说斜阳好，梅香二度开。

初阳夕拾　诗词一千首

五律

岸 景

春风催晚岸，寻梦泊轻舟。
月近银河灿，云高蝶影流。
观闲凭借石，吟草可偷悠。
湖面星光乱，微波四五丘。

八月纪事[1]

风急秋声乱，车驰雨点遒。
水深公路阻，月暗树根流。
护库同心守，保安协力筹。
嚣嚣难睡夜，多少忆台州。

【注】

[1] 1997年第11号台风在浙江省温岭市石塘镇登陆。此次台风影响极大。根据气象预报，我于17日赶到温州抗台，18日下午又奔赴台州，路上暴风狂雨，几经受阻，晚上与当地农行干部职工一起抗灾保库，记忆犹新。

参观新安江水电站感赋

新安天上走，自古尽湍滩。
坝落铜官峡，湖平百丈山。
悠悠千岛出，朗朗水轮喧。
碧水听人唤，流芳一万年。

晨步龙山绿道^[1]

鸡唱农家院，晨熙步道青。
清泉香似酒，鸟语百花明。
青竹云中立，盆栽水上婷。
蝉鸣长寿地，蔓草亦多情。

【注】

[1] 龙山绿道位于浙江省湖州市长兴县川步村。川步村是我国有名的
"长寿村"。

骋望亭^[1] 采风

举目眺湖江，低头翠叶香。
晴光千里景，烟月万杆樯。
梅韵催人醉，松涛领梦长。
高寒花令晚，只为答春光。

【注】

[1] 骋望亭位于杭州南高峰——是著名的西湖独特景观"双峰插云"
中的南高峰——与北高峰遥遥对望。在山顶远望，可饱览钱塘江和西湖景观。

春风化雨^[1]

句句知心话，声声关爱情。
清风天地韵，润雨百花明。
承载催人健，躬耕抹汗青。
晚霞时代美，人老马蹄轻。

[1] 2014 年 11 月 26 日，我被中共中央组织部授予"全国离退休干部先进个人"荣誉称号，晚上看了中央电视台《新闻联播》，聆听了习近平总书记在会见全国离退休干部先进集体和先进个人代表时的重要讲话，倍感亲切，深受鼓舞，同时也更加感到历史任务光荣，肩上责任重大，即兴赋诗一首，以表心迹。

登方岩[1]

梅雨请天高，仙台掬日邀。

秀林千丈壁，飞瀑万重哞。

书院人如海，陵园祭似潮。

雄心鸿鹄志，情重马蹄骄。

【注】

[1] 永康方岩是中国著名的革命史迹，有"人间仙境"的美誉。梅雨时节登山，适遇天高云淡，风清步悦，美景尽收眼底。

丁酉元日

昨夜迎新曲，今朝忆旧箜。

往前三二步，回首万千重。

雨剪窗前柳，风催节后农。

田家无侈望，但愿酉年丰。

东海云顶[1]

柱摩寒雾里，抬手可抔天。

穷目泱泱海，风帆点点渐。

日邀群绿涌，月洒众苍烟。

百啭莺鹃细，花开碧涧翩。

【注】

[1] 东海云顶位于浙江省宁海县，被人誉为"东海云顶，寰中绝胜"。立于山顶，可将三门湾、象山港的岛屿和渔帆尽收眼底。

冬日九溪

入冬春芽近，茶青白朵新。

岩间梅弄韵，山路草铺金。

霜曲吹红叶，溪歌咏石门。

小楼风物净，翠竹日斜曛。

妇女主任[1]

日出耕田地，星移走四方。

头当三九[2]月，脚踩八阡霜。

心点千家事，胸开百户窗。

归来门叩急，捧碗忘盛汤。

【注】

[1] 谨以此诗献给新中国成立后各个时期热心为民生的农村妇女干部，并纪念余的母亲。

[2] 三九表示一年中最寒冷的时候已经到来。

赋放鹤亭[1]

西湖月不孤，荫荫有梅夫。

放鹤清风早，种梅细雨晡。

三春淹岁客，一叶泊浏都。

短短归林路，长长舞鹤书。

【注】

[1] 放鹤亭位于杭州西湖孤山，被誉为"梅林归鹤之地"。相传是北宋诗人林逋隐居之地。

古城罗马[1]

鼎鼎古城墙，名楼缺旧梁。

风云重九殿，日月路关霜。

斗兽千盆血，观台万枯场。

我歌罗马柱，饮誉岁流长。

【注】

[1] 罗马为意大利首都，是古罗马帝国的发祥地，被称为"永恒之城"。

杭州湾新区[1]寄远

长龙湾口舞，浩海变通途。

前景桥头鼓，东风顺势呼。

从前无字纸，今日可书图。

借得空中海，披浪建大都。

【注】

[1] 杭州湾新区位于杭州湾大桥南岸，北与上海隔海相望，地理位置优越，开发空间巨大，建成的杭州滨海新城的前景广阔。

鹤顶山 [1]

海上立云山，茫茫一片帆。
借风生电力，擎塔抗台蛮。
月下飞轮走，雾中蝶翅翻。
丰碑花草茂，游目不知还。

【注】

[1] 鹤顶山位于浙江省苍南县，因山势如鹤顶而得名。1995年在山顶建立了风力发电站，曾为国内四大风力电场之一。

湖边偶拾 [1]

春风催晚岸，寻梦泊轻舟。
月近银河灿，云高蝶影流。
观闲凭借石，吟草可偷悠。
湖面星光乱，微波四五丘。

【注】

[1] 20世纪90年代作于湖州太湖岸边。

花岛 [1] 民宿

枕海花香榭，民家碧玉窗。
风吹人欲静，浪拍岸生芳。
夜宿殷迎客，朝渔弄楫忙。
百年灯塔照，岁月话沧桑。

【注】

[1] 此处指花鸟岛。花鸟岛上有著名的花鸟灯塔景观，被誉为"远东第一大灯塔"。

话　梦

垂目催人息，魂牵梦欲渐。

无风难起浪，有梦好成眠。

积德舟帆顺，身正美梦甜。

人生常好梦，不怕鬼来掀。

江郎山会记 [1]

心里有民生，言词理亦琤。

声牵三片石，情拥九溪风。

同开天库水，共发地江坑。

半山成意向，功毕举三盅。

【注】

[1] 2000 年秋，在深入调研和反复论证的基础上，余应江山市政府的邀请，在江郎山半山腰就兴建白水坑水库问题召开了一次别开生面的座谈会，会议达成共识，并由当地农业银行按规定报批和发放贷款支持兴建白水坑水库。

江上清风

来回无寄影，岂晓有几斤？

逐浪行舟快，催花乱眼新。

徐徐为伴意，岁岁不沾尘。

两袖清风在，烟蓑值万金。

立 秋

又见凉风至，盘荷戏露流。
凭栏游故事，把手掬清秋。
昨说春光雅，今言七月幽。
年年花自落，片片入诗舟。

立秋感时 [1]

梧桐灵气足，一叶可知秋。
新谷千家乐，甜瓜百姓抔。
寒蝉鸣满柳，玉米笑成丘。
戊日归檐燕，忙添做社油。

【注】

[1] 每年8月7、8或9日为立秋，立秋意味着秋天开始，禾谷已经成熟。在立秋日，各地有"敬社神""煮社粥"等习俗。

龙游石窟 [1]

鬼斧神工窟，千秋日月光。
鸟嚼山顶水，龙沐洞中汤。
疑雾封谜底，青烟涌上苍。
瑶台遗碧露，传世万年尝。

【注】

[1] 龙游石窟是位于浙江省龙游地区的地下石窟群，其内部断代成因成为千古谜题，被人称作"世界第九大奇迹"。

农村超市[1]

旧铺换新容，经营四季隆。

门前烟柳翠，货架商品拥。

翁老看花眼，姑娘喜女红。

家中待客急，付款电脑通。

【注】

[1] 在绍兴县农村调研时有感而作。

葡萄沟[1]

此地葡萄熟，人牵马不前。

沟中千户乐，沟外万家甜。

里里丝绸路，长长绿色笺。

盘中珠露走，谁说不神仙？

【注】

[1] 此处指新疆维吾尔自治区吐鲁番葡萄沟。

秋月盼归人

日晚燕双飞，游人却不归。

年年家满约，岁岁桌空杯。

云暮声声乱，星明促促催。

中秋三五月，怎不请人回？

衢州孔庙[1]随笔

庙院云门开，天高古树栽。

重檐山歇顶[2]，万世表师台。

北望思齐鲁，南迁咏泰来。

清风千古殿，两地禀英怀。

【注】

[1] 衢州孔氏家庙位于浙江省衢州市区，是国内仅存的两座孔氏家庙之一，也被称为"南宗"。

[2] 重檐歇山顶亦被称作九脊殿，为中国古建筑屋顶样式之一。

若耶溪偶成

浣纱千古石，越女傲香追。

天赐沉鱼质，心存剪玉碑。

不忍家国辱，宁愿蕊花摧。

江水知轻重，红裙顶月桅。

沙滩庙[1]怀旧

断樟新雨后，绿叶似轻舟。

载起沙滩月，浮沉古庙秋。

千年龙水润，十里翠篁幽。

遗址依然在，沧桑海韵留。

【注】

[1] 沙滩庙位于宁波市北仑网岙山。

韶山寄怀 [1]

故地岁河逳，人潮润屋流。
恭擎花一束，思念梦三秋。
日月共星宇，光芒照海州。
长歌宏伟业，深解乐和忧。

【注】

[1] 2007 年秋，我偕夫人到湖南韶山瞻仰毛泽东故居有感而作。

畲乡问茶 [1]

春日早晨烟，茶园露舌尖。
毫芽黄乳淡，嫩叶雪香鲜。
当午新杯捧，斜阳旧梦牵。
惠明钟暮远，芳醉一千年。

【注】

[1] 浙江省景宁畲族自治县是我国著名的产茶地。其所产的惠明茶已有上千年的历史，是全国重点名茶之一，又称"白茶"。

沈家门海鲜大排档 [1] 见闻

十里灯桥酊，千人品海鲜。
帐篷天地幛，锅灶蟹鱼淹。
杯酒融光霁，渔歌满海天。
岸风犹唱晚，雅客赛神仙。

【注】

　[1] 沈家门位于浙江省舟山市普陀区。

诗情人生

人生如彩笔，可写七情笺。

李杜童时读，诗魂老树牵。

潜心追韵味，执著奋诗田。

假我斜阳好，诗情伴晚年。

双　溪 [1]

峰回说夏溪，路转看花眠。

苍翠无声滴，茶香欲涌天。

清凉十里寒，竹海九千烟。

总把时光约，漂流莫瞬间。

【注】

　[1] 此处指双溪漂流旅游景区，位于杭州市径山镇，双溪漂流旅游景区有"江南第一漂"的称号。

泰山 [1] 吟

水重脚崖流，云轻峭壁游。

雾掀千丈浪，雨润万绦稠。

风恋层林厚，霜磨翰墨道。

不登摩顶景，怎解独尊由？

【注】

　[1] 泰山位于山东省泰安市，被称作"天下第一山"。

天　水[1]

陇上江南地，阴阳八卦山。

神州长月笔，华夏远天笺。

古柏穹苍越，新歌旋鼓淹。

启明[2]公祭日，四海袅青烟。

【注】

[1] 天水市是甘肃省的地级市，有"陇上江南"的美誉。天水是中华文明重要的发源地，有"历史古都"的美称。

[2] 农历五月，旧时又称启明，天水将会举办公祭伏羲典礼。

咏渣滓洞铁窗诗社[1]

黑夜山风烈，壮歌破铁窗。

声声心似镜，字字志如钢。

青史流千古，豪言盖九江。

坐穿牢狱底，诗韵润霞光。

【注】

[1] 铁窗诗社指重庆国民党渣滓洞监狱一个地下秘密组织。众多著名的革命诗篇都出自该诗社。

湾底新村[1]

昔日稻粱洲，今朝百果游。

香蕉林雨熟，桃李海南秋。

村古萧萧落，江悠缓缓流。

莺啼天咏路，蝶舞榭池楼。

【注】

[1] 湾底新村位于宁波市鄞州区，曾荣获"全国创建文明村先进单位"等多项荣誉称号。村庄将现代化都市与幽静的村庄两种截然不同的风格融为一体，是休闲的好去处。

夕阳词

少年朝争气，老叟重黄昏。
山外斜阳美，书中曙色新。
拦霞留晚照，挽日挡西沉。
把酒诗间洒，还吾逝去辰。

香港回归廿周年文艺晚会观感[1]

今夕无眠曲，声声梦似花。
九洲歌大港，四海咏中华。
明月舒胸境，清风奏凤琶。
回归经廿载，老泪入飞霞。

【注】

[1] 此诗作于 2017 年 6 月 30 日深夜。

消　暑[1]

大暑蝉鸣院，河莲顶绿蓬。
家中无琐事，树下有穿风。
心静诗书伴，凉生岁月更。
床头千百卷，日夜得清泠。

【注】

[1] 戊戌大暑作于紫玉福邸。

宿兰溪港[1]

兰江通七省，衢婺钥门开。
昔日要冲地，今天水塞陔。
连江津海梦，建港涌业怀。
六水舟歌晚，腰间弄曲台。

【注】

[1] 兰溪港位于兰溪市。兰溪市有"七省通衢"之誉。

雅安地震[1]

川中惊地震，牵动万民心。
日月如捶腑，山河欲断魂。
救灾严命令，抢险力身拼，
沉痛难眠夜，星灯可满斟。

【注】

[1] 2013 年 4 月 20 日 8 时 02 分，雅安市芦山县发生地震。此诗写于 4 月 20 日深夜。

雁塔[1] 题刻

飞雁鸣罗刹，云浮七级空。
攀梯题路远，盘叠百花荣。
风雅多多事，流霞历历工。
刻碑留净地，不负岁淙淙。

[1] 此处指西安市大雁塔。大雁塔是唐朝佛教建筑艺术杰作，也是历代文人墨客吟咏之地，多位著名文人于此留下千古名篇。

有感城门口对联[1]

高利恶披猖，穷家喝卤汤。
一朝吞下债，顷刻去逃荒。
信用能兴社，银行可借光。
和衷共济困，合作气昂昂。

【注】

[1] 1974 年信用社成立二十周年时，就此即兴赋诗于塔峙信用社。

有感富阳受降村[1]

时流七十年，史训切胸间。
坑里千人骨，江中万尸冤。
钢肩驱日寇，铁血举河山。
今日受降地，兴邦志更坚。

【注】

[1] 1945 年 8 月 15 日，日本战败宣布无条件投降。浙江省长新乡宋殿村作为 16 个受降点之一，在此接受了日方代表、侵浙日军的投降。后此地被修建为浙江省抗战胜利纪念馆，记载了日军当年的暴行。

雨中《印象刘三姐》[1]

舟泊漓江岸，天弦细雨音。
舞台千里宽，水面百舟勤。

空挂弯弯月，灯开片片璘。

借来船一叶，三姐展歌馨。

【注】

[1]《印象刘三姐》是在阳朔观看的关于"桂林山水"的实景演出。是夜阵雨，观看别有一番风味。

雨中金顶[1]

秋来祥桂露，雨点赏琼宫。

翠柏狂迷雾，金瓯映漏空。

岩风藏玉宇，云海隐葱龙。

天柱城池堑，奇擎万里穹。

【注】

[1] 此处指武当山金顶。每逢雷雨季节，武当山便会出现雷击金殿的著名景观。

游寨下大峡谷[1]

宫灯半宇骞，峭壁可携天。

滴水铺成路，飞流化作烟。

春花开岩岫，秋桂笑人间。

短短通天道，长长五色笺。

【注】

[1] 寨下大峡谷中"通天峡""倚天峡""天穹岩"三处景观是经典的丹霞地貌景观。

追　春

桃李花开日，春风得意时。
春来如过隙，春去似云驰。
岁月春云簇，年华白发丝。
追春当驷马，莫负柳头枝。

七绝

初阳夕拾　诗词一千首

G20 杭州峰会文艺演出舞台觅踪 [1]

舞湖台脚碧波中，玉带牵晴叠翠宫。

柳树灯花依旧在，秋荷真假一天红。

【注】

[1] 2016 年 9 月 7 日于杭州曲院风荷举行了 G20 杭州峰会文艺晚会。

阿里山 [1] 下品茶

欲访阿峰路径难，芳容如水隐深山。

村长捧出冠台奖 [2]，醉看茶香逸玉峦。

【注】

[1] 阿里山位于我国台湾省嘉义市，是理想的避暑胜地。时值阿里山道路整修，未能进山。

[2] 冠台奖指"头等奖"，是阿里山的名茶。

岙里人家 [1]

月上东山泥舍静，灯油尽衲小儿襟。

霜风透骨先尝指，冷剪三声怕梦寻。

【注】

[1] 此诗为追忆亡母而作。

爱晚亭 [1] 有拾

八柱重檐麓水长，蛇龙走笔点湘江。

重阳小憩犹来梦，借有霜风叶更香。

【注】

[1] 爱晚亭位于湖南省岳麓山，是我国四大名亭之一。旧名红叶亭，后人根据杜牧"停车坐爱枫林晚"诗句将其改为爱晚亭，爱晚亭是我国著名的革命胜地。

澳门偶见

蓝天云白大楼中，流水穿桥亦不同。
一叶小舟疑似识，此楼何起水城风。

巴黎[1] 拾景

菁华汇展画浮宫，凯旋门开八面通。
塞纳河船收美景，艾菲尔塔矗高空。

【注】

[1] 巴黎为法国的首都，素有"浪漫之都"之称。

白帝城[1] 感怀

峡起阳城两岸飞，长长画卷集诗瑰。
古今多少兴衰事，尤感托孤泪洒夔[2]。

【注】

[1] 白帝城位于重庆市奉节县瞿塘峡口，原名子阳城，有"刘备托孤"的典故。

[2] 此处指奉节县。

半山桃花 [1]

春赐瑶琼乱酒家，梯田叠锦醉天涯。
千枝万朵江南景，输与半山二月花。

【注】

[1] 指农历二月在富阳半山村赏桃花。半山村有桃园数千亩，被誉为"鲜桃之乡"，是真正的"世外桃源"。

傍晚过栖霞岭 [1] 谒牛皋 [2] 墓

紫气生灵泊冢台，忠魂十万自天来。
晚霞似血枝头挂，昔日桃花忽又开。

【注】

[1] 栖霞岭位于杭州西湖畔。
[2] 栖霞岭上建有南宋抗金名将牛皋之墓。

宝溪 [1] 即赋

竹桥流水别重天，隐居龙泉乱眼鲜。
千古窑洞披日月，乡村美丽看宝溪。

【注】

[1] 宝溪指龙泉市宝溪乡。

北仑职高六十周年校庆感赋 [1]

老树琼花六十开，魂牵学子入园来。

殷添一捧深情土，根发枝繁百业才。

【注】

[1] 宁波市北仑职业高级中学前身为镇海县第六初级中学，后先后更名为宁波市大矸初级中学、镇海县大矸中学、宁波市北仑职业高级中学。

背米袋行长[1] 自勉

朝接晨曦晚送霞，清清白白度生涯。

行长背米休生笑，粮票原来也分家。

【注】

[1] 当行长时从农村背米养家糊口，被钱民华老行长誉为"背米袋行长"。

毕业别同学[1]

烟柳校园百岁松，匆匆离别话难穷。

千珍万嘱终归至，但遣冰心寄梦中。

【注】

[1] 1962 年夏，我在宁波效实中学高中毕业，三年同窗情深谊长，临别依依久久难忘。

丙申立秋四首

秋 信

毕竟时流七月纵，小河水醒约凉松。

床头昨夜香瓜熟，秋有灵犀一梦通。

秋 思

夏去秋来一半年，荷塘月色映新莲，
夜深欲解家乡语，无奈归期马不前。

秋 恋

恋情七夕放芙蓉，思泪花开隔宇红。
渺渺银河终有渡，西厢何苦理丝桐。

秋 语

轻轻一叶知秋到，静夜悄悄告四邻。
总是秋霞无限好，劝君莫待日西沉。

病房有悟 [1]

七十诗翁重学步，更知人世伴坎途。
晨窗雪映无穷碧，眼望云天效傲株。

【注】

[1] 2010 年 3 月 9 日、2010 年 6 月 28 日余两次在浙江大学医学院附属第二医院动手术，历时 35 天。

病中乐

都说医楼苦寂寥，吾听雨竹调清箫。
澹然一梦诗笺在，便托春风转九霄。

病中自勉

不灭凶魔誓不休，大年初五拔头筹。

深知此去华山路，身作医王足力遒。

步赛里木湖

一砚精蓝可画图，白云几朵袅青株。

西边日挂东边雨，花草丛中看赛湖。

采茶吟 [1]

山间小鸟细歌吟，双眼莺梭两手纭。

嫩叶翩翩如燕剪，青箩露沁采茶人。

【注】

[1] 20 世纪 50 年代读初中时，参加采茶劳动有感而作。

参观 G20 杭州峰会场馆留句 [1]

江南韵味越洲洋，大国泱泱志气扬。

场馆樯帆正风顺，中华自信万年强。

【注】

[1] 2016 年 9 月 21 日于杭州奥体博览城。

参观西昌卫星发射中心

嫦娥奔月国魂牵，峡谷雄姿立九天。
强我中华千载梦，惊雷一响谱新篇。

蚕农感时 [1]

春鼓三槌落万枝，蚕农扳指露芽时。
祈丝一曲何文秀。九里桑园绝妙辞。

【注】
　　[1] 甲午岁首于浙江省海宁市。

草堂怀工部

风雨梳茅漏屋斜，柴门万卷少陵家。
草堂纸尽民间苦，碧血长歌喊断崖。

插　秧

背顶蓝天脸自谦，脚泥后退到田边。
青苗眉笑晶珠汗，绿叶成行日数竿。

茶楼赏秋 [1]

半月残荷几叶窗，满湖秀色一船装。

霜林夜静茶枝绿，菊伴香盅万朵黄。

【注】

[1] 秋日登三面临湖的杭州湖畔居茶楼，西湖湖光秀色尽收眼底，茶香四溢。

超山[1] 赏梅

唐宋梅韵九重来，香海烟装巧剪裁。

借得三春晴霁好，映梅桥下彩霓开。

【注】

[1] 超山旧称超然山，是江南三大赏梅胜地之首，有"超山天下梅"的称号。壬辰三月杭州籍镇海老乡在此赏梅。时年连续阴雨，直至三月天晴气温上升，梅花盛开。

晨步浮云溪[1]

狮山塔影入清帘，白鹭红花十里妍。

二十五年童话梦，浮云桥上看新颜。

【注】

[1] 25年前，余带领省委工作组19位同志在云和县工作两个半月，浮云溪及两岸景色的变化见证了云和县的沧桑巨变。

晨步涌金门题张顺雕像[1]

涌金门外打渔郎，柳舞湖歌尽益彰。

池涌金牛长作伴，谁神值我守钱塘？

【注】

[1] 打渔郎指张顺雕像，位于杭州古城门涌金池内。张顺是小说《水

浒传》中一百零八将之一。

晨起游香港公园

曦喷纱瀑澍光长，啼鸟声声露草香。
几树菠萝园溢蜜，疑身置盉沐清凉。

晨起竹海散步

彩霞万道铺溪中，半水幽篁半水红。
难得春祥情似旧，陪吾闲步小楼东。

成吉思汗[1]陵所思

铁马雄驰四海扬，摧枯拉朽立沙场。
大智大勇谁能敌？且问弯弓可脱缰。

【注】

[1] 成吉思汗意为"拥有海洋四方"，原名孛儿只斤·铁木真。其陵墓位于内蒙古自治区鄂尔多斯市伊金霍洛旗草原。

诚缘普陀山[1]

举步千沙月早来，诚牵缘约桂花开。
金滩十里银河落，一叶轻舟载梦怀。

【注】

[1] 十几位年少时的同学相约普陀山，情牵梦怀。千沙指普陀山千步沙。

城墙夕照[1]

千道流霞洒古墙，四门兵勇旧时枪。

半竿残日车程短，但见中华史卷长。

【注】

[1] 是日，夕阳西洒西安城墙，我在墙顶上驱车绕城墙一周，有感而发。

乘高铁去广州

风驰四省[1]尽风流，绿水青山走不休。

借得椅床三半睡，如歌似梦到广州。

【注】

[1] 四省指浙、赣、湘、粤。

初冬九龙湖

月牙枕水掬湖舟，夜色群山更送悠。

忽采一枝香桂淡，忘却时令过晚秋。

初识仁皇阁[1]

曾来山下无君引，一别时光百仞峥。

吴越门开千里目，卧风弹月守湖城。

【注】

[1] 仁皇阁位于湖州仁皇山，登上仁皇阁，可将湖州城和太湖尽收眼底，是湖州的文化名楼。

初雪长白山[1]

山白雪晴万里祯，寿逢六五自铭心。
拥风抱石无求欲，但效蓝池不染尘。

【注】

　[1] 戊子年八月下旬，长白山下了入冬前的第一场雪。雪后万里晴空，山脚秋霜红叶，山顶白雪皑皑，蓝天蓝池，风景如画。适逢六十五岁生日，农历阳历重日。

除夕杂感[1]

爆竹无声岁月迁，南屏钟敲不尘烟。
灯明曲榭湖台净，绿色新桃万象添。

【注】

　[1] 丙申除夕于杭州。

除夕祖孙乐

几年春晚几怀孙，膝上童贻玩笑真。
解术猜谜评胜负，输赢各半乐天伦。

除　夕

今夕星空笑浪淹，万家灯火岁无眠。
金鸡啼唱天增岁，一抹鬓霜又过年。

除 夜

长长岁月遥遥路，短短人生秒秒光。
爆竹一声人又老，回头细数去年忙。

春乘动车 [1]

和谐飞渡泛风光，游子随吟陌上桑。
春色穿江千倒影，菜花掀浪万村黄。

【注】

[1] 陌上桑指汉乐府《陌上桑》。辛卯春日于杭福和谐号列车上。

春 风 [1]

笑呈秘诀似春风，赐给人间乐趣生。
短信如笺三月笔，画穷晚彩满天红。

【注】

[1] 为好友短信问候满屏笑字而赋。

春回羊年

开岁华峰喜庆羊，掬云飞瀑溅梅香。
一声爆竹催人醒，梦里依稀在故乡。

春日遇老乡

老乡邂逅在湖边，问罢家人问变迁。
件件桩桩村里事，追根刨底一千遍。

春探北高峰

篁翠梅红漫雾封，天人合一笑春风。
丛林深处烟纱寺，润鼓千声揖北峰。

答刘君[1]

流岁悠悠常有思，一吟难尽奈何之。
假吾逝识光千遍，独洒雄鹰展翅时。

【注】

[1] 和晓春友诗：一卷读罢有所思，于今行吟欲何之？卅年砥砺思量遍，尤忆灵峰初识时。

答友人

有情岁月请东风[1]，送来西湖二月春。
老柳也悠人世事，一声问候万枝新。

【注】

[1] 东风系友人名字。

大陈岛[1]觅句

初心建岛青春驻，灿灿流年驷马追。

啸月黄夫礁浪旧，蓝天见证垦荒碑。

【注】

[1] 大陈岛位于浙江省台州市，有"东海明珠"之美誉，岛上有"东海第一大盆景"的奇观。

大理三月街[1]留影

都言三月好笙箫，人面如花曲似潮。

借得白头峰上雾，偷来一幅老时瞧。

【注】

[1] 三月街位于大理城西点苍山。

大观楼[1]

拔浪千层接碧霄，长联一副九州骄。

滇池秋色瑶琼海，楼畔人鸥搭艳桥。

【注】

[1] 大观楼位于昆明。楼内有长达180字的长联，上联写滇池风物，下联记云南历史，被誉为"海内外第一长联"。

大佛寺[1]感悟

百尺古木入云浪，三生圣迹立佛像。

石林已化凡尘愁，放生池畔清心赏。

【注】

[1] 新昌大佛寺位于浙江省新昌县，其寺庙最为著名的是石雕弥勒大佛，有"中国江南第一大佛"的称号。石林为木化石林。

当　樵

霜天采柴北山中，风卷寒衫汗贴胸。

赶集换回三两油，书生原是荷樵农。

登城隍阁 [1]

春上吴山日影长，天风胜处织花墙。

登高琼阁西湖小，翠宇钟声乱夕阳。

【注】

[1] 城隍阁位于杭州吴山天风景区，融合元明建筑风格于一体，在阁上可瞰杭州美景。

登大雁塔

取经八八九重难，万卷藏身塔气岚。

盛世大唐春不老，浮屠七级拔长安。

登广州塔 [1]

五色祥云故事长，珠江似有荔枝香。

细腰塔顶流金媚，瞰俯五羊赏月光。

　　[1] 广州塔又称广州新电视塔，位于广州市海珠区赤岗塔附近，有"小蛮腰"的昵称。

登黄鹤楼[1]

　　十年之夏楚荆来，楼去人空借石台。
　　今日醉寻黄鹤梦，龟蛇门户已洞开。

【注】

　　[1] 写于黄鹤楼重建后的 1985 年。

登娄山关[1]

　　西风烈烈马声翻，气壮三军炯月还。
　　喜看今朝时代越，夕阳添彩染关山。

【注】

　　[1] 娄山关位于贵州省遵义市桐梓县。时日天高云淡，西风呼呼，登关时夕阳照山，风光无限，情不自禁地联想起毛泽东词《忆秦娥·娄山关》，即兴赋诗。

地铁上偶见[1]

　　美极杭城怪事磨，乞钱地铁乱成锅。
　　不难翁老残年苦，敢问管家敲啥锣。

【注】

　　[1] 2016 年 7 月 9 日于地铁某号线。

叠水河[1] 瀑布

城中飞瀑玉门关，疑是银河奏凯还。
花溅深谷神泽水，映亭翠叠别重澜。

【注】

[1] 叠水河瀑布位于腾冲县城，拥有"不用弓弹花自散"的壮丽景观。

丁酉寒露

露逢花好景如华，好景如华物染霞。
华物染霞光万道，霞光万道露逢花。

鼎湖峰[1]

湖心拔起入天峰，湖外飞来倒影风。
竹筏载穷湖面画，仙都山水尽湖中。

【注】

[1] 鼎湖峰是缙云县仙都风景名胜区的代表景点。

东海岸观景

浪拍椰花四季开，水流高处洗尘埃[1]。
北回归线洋姑玉，浩渺台东美海台。

【注】

[1] 此处指位于太平洋沿岸的我国台湾省台东市的水往上流景观。

东崖海景

天蓝蓝也水蓝蓝，牧场珍珠绣锦澜。

此景本归天上管，瑶池一个赐人寰。

东崖[1] 绝壁

狂涛拍岸半空风，石刻摩崖笔力雄。

妙趣横生谁最恋，千堆雪上一蓑翁。

【注】

[1] 东崖是嵊山岛的一组海蚀崖。

冬日登初阳台[1] 望西湖

柳桃身瘦白堤衰，醉倒残茎盼燕来。

霜叶借成春月早，一湖灵气在阳台。

【注】

[1] 初阳台位于宝石山。每年十月初一，在初阳台观日出，可看到瞬息万变的壮观景象。

冬日海河[1]

天赐琉晶古道宠。岁寒喜见烁阳红，

踏河冰上三冬路，两岸高楼玉影重。

【注】

[1] 海河又称沽河，是中国七大河流之一。旧日海河，冬天冰冻三尺，

余有幸在天津亲临其境，别是一番景象。

冬至贺片[1]

从来冬至大如年，贺片纷纷乱眼帘。
我拾一张诗句短，鞭驰心意白云边。

【注】

[1] 晨起，手机中冬至贺片纷飞，拾句聊表新年心意。乙未冬至于杭州。

洞头先锋女子民兵连[1]

洞岛红妆守碧沙，战旗风采烁中华。
沧桑留影须长记，时代同歌赞海霞。

【注】

[1] 洞头先锋女子民兵连组建于 1960 年 6 月，为了粉碎国民党军队窜犯大陆的阴谋，与中国人民解放军驻岛部队开展了"联防、联训、联建、联欢、联心"的活动。中国讲述女子民兵的经典电影《海霞》便是以此为原型。

都江堰

岷江引水二千年，涝旱从人五谷酣。
无坝流歌桑柘咏，相看天府十洲烟。

读《蝶恋花 · 拜年》[1]

贺岁新词蝶恋花，孙门秀士溢春华。
宏声送韵甜如蜜，兵使祥龙福到家。

【注】

[1] 附友《蝶恋花·拜年》：莫道真情搁置久，冬去春来，惦记总依旧。鹤发童颜爹娘亲，忽见镜中透白丝。锦绣山河与时进，却生愁绪，谁为我知音？回首方知心相连，豪情万丈敬兄弟。

读《牡丹亭》[1]

亭院深深淑女闲，吐情梅柳再生还。

曲魂牵月巅云卷，一梦惊韶瑞牛山。

【注】

[1]《牡丹亭》原名《还魂记》，是明代著名剧作家汤显祖的代表作。瑞牛山即眠牛山，在今遂昌县。

读《别后有感》[1]

金秋时节桂香浓，犹醉滇池厚意衷。

别后诗言韵耳目，可知岂是一朝功。

【注】

[1] 中秋时节，滇卢君用短信发来《别后有感》：十日横纵彩云巅，山水惹眼诗作笺。仰止华山德馨甚，言敦教益暖水涓。特寄诗表达感激之意。

读短信

问冷询凉脚步轻，字间行里书温馨。

人间多少烦心事，信息能教血气清。

读《落霞与孤鹜齐飞》

往事如烟有亦无，人生似梦老生疏。

落霞暮煮一壶水，鸿雁高飞孙志夫[1]。

【注】

[1] 孙志夫指金融文化记者孙宏兵、吕志强、夏水夫，泛指团队集体。

读头条偶拾[1]

世事如潮逐岸追，孝亲敬老应时催。

高山拨动斜阳曲，不信虹霞掬不回。

【注】

[1] 2016年5月28日新华社报道《习近平：推动老龄事业全面协调可持续发展》。

读悬崖村[1]新闻所思

一则新闻出峭崖，藤梯上学苦穷娃。

梦山老少牵魂盼，通道何时可到家？

【注】

[1] 此处指四川省凉山彝族自治州昭觉县支尔莫乡阿土勒尔村，位于美姑河大峡谷断坎岩，海拔在一千米之上，若想出村上学，需攀爬17条藤梯。

端午登伍公山 [1]

此去东山路不扬，何人令尔忆肝肠？
风云吴越谁能解，庙后茶楼实话长。

【注】

[1] 伍公山位于杭州吴山，为纪念吴国大夫伍子胥而得名。端午有纪念伍子胥的传说。

端午即兴

菖蒲香淡柳烟霏，但捧文成竹叶杯。
粽系珊溪 [1] 千树醉，竞帆胜过汨罗飞。

【注】

[1] 珊溪水库位于浙江省文成县，2000 年竣工并开始使用。

端午谒金顶 [1]

眉山端午旧思生，桥断西湖似梦行。
昆仑伯仲情义在，借吾仙草送雷峰。

【注】

[1] 此处指峨眉山金顶。

敦煌忆 [1]

鸣山沙浪幻沧桑，龙井邀泉一月尝。
古乐韵清飞袖舞，长长留忆在敦煌。

【注】

[1] 敦煌位于甘肃省，是古代丝绸之路的必经要道。泉指月牙泉，有"沙漠第一泉"的称号，是"敦煌八景"之一。

法门寺[1]有感

夏荷新绿蕊风清，古寺宫深地有灵。
一席素斋根六净，菩提树下悟人生。

【注】

[1] 此处指法门寺地宫，是世界上迄今为止发现的年代最久远、规模最大、等级最高的佛塔地宫。根六又作六情，指六种感觉器官。

泛舟本溪水洞[1]

轻舟激碎碧波容，扑朔迷离入丽宫。
久仰本溪钟绣水。果然天造一仙洞。

【注】

[1] 本溪水洞位于辽宁省本溪市，为大型石灰岩充水溶洞，地下有暗河和钟乳石，有"钟秀只应仙界有，人间独一此洞天"的赞赏。

访独峰书院[1]

理气讲台万尺长，鼎湖作砚集清香。
无声书院音还在，有用文章字不凉。

【注】

[1] 独峰书院位于缙云县，是宋代理学家朱熹讲学的纪念地，具有强烈的晚清建筑风格。

访下山脱贫村 [1]

素住深山对水声，奢睽岙外百花明。
牵来织锦风移路，景绣新妆艳柳城 [2]。

【注】

[1] 20世纪90年代，浙江省农行率先捐资支持武义县下山脱贫，当时景阳下山农民在农行帮助建造的道路上树碑"金穗路"，有一位老人拿家里的红布每晚盖在碑上，每天清晨揭开，下山之情十分感人。

[2] 柳城是武义县重镇，曾为宣平县的县城。

访浙银大学

梅时过去蓝天近，淡淡墨香校园清。
吾与茶仙本有约，好从幽径觅诗情。

飞翼楼 [1] 偶感

春秋岁月浪烟高，强越磨锋试剑刀。
百丈飞楼云入海，卧薪尝胆气如涛。

【注】

[1] 飞翼楼位于绍兴府山之巅，为越大夫范蠡受命所建造，飞翼楼其名取自"吴越争霸"的典故，旧时有"以压强吴"之意。

汾　湖 [1]

一壶黄酒雨风酤，十里波村碧水图。

借得深闺裙秀烛，烟堤绝唱亮千都。

【注】

[1] 汾湖又称"分湖"，是春秋战国时期吴、越的分界湖。

风光雁栖湖[1]

云白湖蓝叶透红，包容亚太展姿功。

青天拨动中华曲，大国风光尽显中。

【注】

[1] 雁栖湖位于北京市怀柔区，因春秋常有大雁来此栖息得名，亚太经合组织第二十二次领导人非正式会议在此举行。

风荷故情

秋荷润雨织莲丝，化蝶歌台恋四时。

莺唱绿波垂柳舞，迎熏阁外故人姿。

风花雪月[1]浅解

苍山雪浴杜鹃开，高泊明珠赛月台。

云弄峰关花露蝶，风情似画爱长栽。

【注】

[1] "风花雪月"代指云南大理下关风、上关花、苍山雪、洱海月四大著名景观。

风雨嘉峪关[1]

云压千层欲拔楼，雷惊万里雹飞流。

雄关水困难为我，威武犹如劲弩秋。

【注】

[1] 2012 年 6 月 6 日下午登上甘肃嘉峪关，忽乌云密布，雷鸣电闪，风雨交加，冰雹如珠，顷时城门积水高达 20 厘米，难以进出，煞是一番雄壮景象。

风月其人

独恋西泠不染尘，清风明月伴香魂。
自知自爱人生步，千古芳名玉骨存。

枫叶书签

霜染秋枫雨落红，精研细选夹书中。
文章历古多清寞，素简能当夜半钟。

凤凰亭[1] 偶成

拾级凤山翠翅凉，登楼远望点连樯。
何愁西子翔鹰小，可借兰桡走海江。

【注】

[1] 凤凰亭位于杭州市凤凰山顶。登亭北望，可饱览江海湖景。

凤阳山[1] 拾景

春茶争艳碧泉琼，夏日燃鹃十里浓。
红叶溪边秋送色，枝头冰挂树知冬。

[1] 凤阳山位于浙江丽水龙泉市，是"江浙第一高峰"。

伏里探秋

欲探秋露草寻幽，露草寻幽似小舟。

幽似小舟轻入港，舟轻入港欲探秋。

感　恩 [1]

从来贫苦缺经文，今日师门助学金。

抚惜六年知世路，魂萦梦绕露霖恩。

【注】

[1] 由于家贫，我从读初中到高中，一直由国家提供人民助学金，是国家帮我实现了读书求知的梦想，恩深如海，终身不忘，报效祖国，矢志不移。

感骆光寿书画集捐赠仪式 [1]

磨穿砚底揽骢功，举踵清香尽卷中。

莫道人生花季短，夕阳自奋马蹄红。

【注】

[1] 2017 年 11 月 18 日，年过七十的著名书画艺术家骆光寿在义乌市宾王中学举行"骆光寿书画作品集捐赠仪式"，当场捐赠给学校、街道和乡村书画集 25000 套。

高场湾沙滩 [1]

青峰逐浪起层楼，卷碧吞沙海力猶。

借得天湾三捧水，润心涤肺不知愁。

【注】

[1] 高场湾南沙滩位于嵊泗列岛，有"南方北戴河"的美称。

孤山赏梅[1]

一湖碧水映梅山，疏影流香十里娴。
剪柳春风催树醒，观桃再踏白沙滩。

【注】

[1] 孤山位于杭州西湖的里湖与外湖之间，因为有梅花多枝，又被称为"梅屿"。

古田会议旧址感赋

会开青史万秋功，光照人间百世宗。
星火燎原先辈业，前师后继展旗红。

古邑盐官[1]

天下奇观盐路古，宰相府第溢书香。
海宁四驻风云解，古邑遗存紫禁墙。

【注】

[1] 此处指盐官镇，盐官镇位于浙江省海宁市，该地古朴的建筑有"江南紫禁城"的美誉。

故居小住

旧日门楗旧日墙，砖砖瓦瓦热心肠。

携孙信步清溪挽，不觉青山掬夕阳。

故友探病

八旬翁老远途来，映日寒梅别样开。

隔海深情共有约，三春过后聚蓬莱。

观《印象大红袍》^[1]

茶园荫荫荡歌潭，九曲夷山水半酣。

一阵春风青叶起，清香满树尽灯阑。

【注】

[1]《印象大红袍》是福建武夷山的大型山水实景演出，展示了武夷山的夜色美景，四面舞台相连，使得观者有着更为深刻的体会。

观电影《红楼梦》悲黛玉^[1]

眉锁情绵意满怀，总缠心结掬云埋。

焚诗悲剧谁之错，青竹潇湘哭凤钗。

【注】

[1] 林黛玉是《红楼梦》的人物之一。

观歌舞《勐巴拉娜西》^[1]

欢歌泼水润心怀，孔雀开屏惹客来。

春水一江今与古，神奇美丽展西台。

【注】

[1] "勐巴拉娜西" 傣语意为美丽神奇的地方，"一江春水" 指澜沧江。

2010 年秋作于西双版纳。

观澜亭[1]写意

若轮泺水涌前亭，细细涟漪漱玉明。

九曲风荷三窟发，万千乐鼓奏泉城。

【注】

[1] 观澜亭位于山东省济南市趵突泉旁。趵突泉是古泺水之源，古时称"泺"。

观实景舞剧《长恨歌》[1]

九龙湖上泪酸多，悱恻缠绵梦断河。

都说人间思恋苦，骊山夜夜唱长歌。

【注】

[1] 实景舞剧《长恨歌》是根据唐代诗人白居易所作《长恨歌》改编而成的实景演出。

观越剧《貂蝉拜月》[1]

清香一举沁衷心，除恶安邦语敌金。

计出司徒峰回转，顶梁却是女儿身。

【注】

[1] 貂蝉，是我国古代四大美女之一。

观越剧《韩非子》[1]

旷世宏篇济国强，妒才专横泪流长。

系情故土凌云志，绝恋惊天痛宁阳。

【注】

[1] 韩非是战国末期著名思想家，法家代表人物。宁阳指宁阳公主。

鹳雀楼[1]抒怀

登高极目骋蒲城，千里怀穿岁月更。
古楼胸襟明志远，催人绝唱越新峰。

【注】

[1] 鹳雀楼备受唐代诗人喜爱，多位著名诗人曾在此吟咏，王之涣的"白日依山尽，黄河入海流。欲穷千里目，更上一层楼"一诗更是广为流传。

广西访友[1]

阳月乘机八桂程，张君待友举山擎。
江峰扶上三千尺，九九情谊溢汗青。

【注】

[1] 甲午十月，应好友明富之邀，到广西探访，受到热情款待，十分感激。

癸巳有寄[1]

岁月流晖又建松，扬扬瑞雪舞龙穹。
梅开五福吟诗好，泼墨银山贯日红。

【注】

[1] 壬辰岁尽癸巳开春，浙江大地瑞雪纷飞，银蛇狂舞。诗友用邮件寄来一诗祝贺新年：龙腾蛇舞人辞岁，气正风清日竞催。万里神州飞瑞雪，生机无限报春晖。余拾诗一首以答之。

贵人峰[1]遇故人

贵人峰上晚霞明，话尽来年满幕星。

忽有铃声悠曲响，温馨疑是细蝉鸣。

【注】

[1] 贵人峰位于杭州虎跑后山。

郭庄[1]秋色

湖荷台谢静云居，一镜天开隐鲤鱼。

汾院秋波花欲语，菊黄送桂岁河余。

【注】

[1] 郭庄始建于清代，起初被命名为"端友别墅"，光绪年间产权转到郭士林名下，并新建了西式住宅，俗称"郭庄"。

国清寺[1]秋拾

果然古刹别重天，千载梅香不负年。

鼓击层林红染尽，钟迥双涧碧澜田。

【注】

[1] 国清寺位于浙江省台州市，是中国佛教的发源地之一，旧时鉴真东渡曾到此参拜。

过草堂河忆诗圣[1]

行舟千里雨霜搓，夔客吟诗四百多。

捉笔萤灯民贯墨，诗城长咏韵圣歌。

【注】

[1] 草堂河因杜甫草堂而得名。诗圣杜甫于此作诗四百余首。

过河北偶感

长城内外史诗长，一马平川万仓粮。

借得京畿联动策，千年燕赵换新妆。

过黄布滩[1]

水径滩头碧玉笺，半帆夕照袅紫烟。

一缸醇墨千桅抹，但画青峰在水天。

【注】

[1] 黄布滩位于段兴坪古镇境内。从漓江上看去可看到江底有块米黄色的大石板，好似一匹黄布铺在河床之上，黄布滩由此得名。

过七里泷[1]至钓台

扬帆七里驾清波，小峡葱山挂满歌。

滩上子陵风骨在，但愁今日已无多。

【注】

[1] 七里泷位于浙江富春江，旧时因险滩，船必须借东风才可以行走，东风一起，千帆竞发，因此便出现了扬帆七里的胜景。富春江水电站建成后，急流险滩早已成为平湖。沿富春江一路行走，在小三峡子陵峡段便可看到著名的严子陵钓台。

过玉门关[1]

春风得意玉门关，新郭油城一锦帆。
羌笛才吹杨柳曲，客心已动塞边山。

【注】

[1] 玉门关，是汉代重要的军事关隘和丝路交通要道。唐代诗人王之涣所写"羌笛何须怨杨柳，春风不度玉门关"一诗广为流传。

海岛[1]贺岁

日出蓬莱妙镜开，行镌精品锦花栽。
创新顺变与时进，笑看当年海渡才。

【注】

[1] 海岛指舟山市岱山岛，据传当年徐福曾在此岛东渡。

海牙[1]巨画

一幅画帘万口坛，天蓝云淡白沙滩。
脚磨银细观帆竞，宛似身临北海湾。

【注】

[1] 海牙指荷兰第三大城市海牙。

寒舍雪情

草木银装鸟竞鸣，小河静静水堆瑛。
门前钓雪无尘垢，花树琼滩胜子陵。

行吟阁 [1] 述怀

自古谗言覆九坤，楚天风雨忆犹新。

盈腔热血罗江水 [2]，岁岁端阳祭傲魂。

【注】

[1] 行吟阁位于湖北省武汉市，其名字取自《楚辞·渔父》中屈原"行吟泽畔"之意。

[2] 此处指屈原，是我国古代伟大的浪漫主义诗人，著作有《离骚》《天问》等。

杭州少儿诗词大赛海选拾句 [1]

千童娇语咏家山，半是清风半是岚。

流韵洗尘何用问，分明桥断白沙滩。

【注】

[1] 2017年，杭州市举办"无双毕竟是家山"少儿诗词大赛，数百名12岁以下的儿童踊跃报名参与，5月29日在杭州青少年活动中心进行海选，我应邀作为评委见证了这一感人场面。

禾木 [1] 逢雨

雷声歌雨百花鲜，夏日如秋别色天。

禾木桥头流白桦，自留地上效游仙。

【注】

[1] 此处指禾木乡。禾木乡是中国西部最北端的乡村，中国古老的图瓦民族居住于此。

禾木观日出

身借云顶乱雾纵，远观晨曦落村宫。
莽莽牧场牛羊壮，灌绿丛中一点红。

和陈公《学琴》

几人儿少学琴胡，当赞陈公带月茹。
若问今宵何处乐，杭城一曲醉茶壶。

和清源先生 [1]

阳春三月碧纱笼，更领中原韵意浓。
千里诗吟风雨路，西泠有幸识宾鸿。

【注】

[1] 此处指著名书法家纪清源先生。

和尚套 [1]

阴阳石山绿丛翻，栈道长长十里弯。
观海听涛帆一片，危崖深壑九门关。

【注】

[1] 和尚套景区位于嵊泗列岛泗礁本岛，景区有将军石等多个绝佳景点。

和顺古镇[1] 拾零

凌霄浩气昊鸣钟，哲学奇才万丈胸。
山径马帮飞鸟路，祠堂八姓颂书风。

【注】

[1] 和顺古镇位于云南腾冲，镇上有和顺图书馆、滇缅抗战博物馆以及艾思奇故居。

贺安吉县荣获联合国人居奖[1]

桂沁秋香朵朵花，江源翠曲晓天涯。
鹭身点点苕溪白，竹海深深七彩家。

【注】

[1] 2012年9月6日在意大利那不勒斯举行的第六届世界城市论坛上，安吉县荣获"联合国人居奖"，这是我国唯一获此殊荣的县。

贺大谢支行乔迁新址[1]

旧时海岛旧时空，今昔容颜大不同。
支行迁址喜迎客，无限风光开发中。

【注】

[1] 壬午阳月于宁波市北仑区大谢岛。

贺韩晓露《人间有味》问世[1]

天上无云万里青，人间有味笔生情，

清风过处篇篇秀，溢出幽香百草明。

【注】

[1] 2015 年 10 月 28 于杭州白马湖。

贺温岭支行存款突破二百亿元

曾经风雨系同舟，今沐曦光论志酬。
二百亿元心作步，海天鸿鹄约层楼。

猴年自语

流水催程日月淹，猴山歌舞又新年。
送人一岁天何老？假我春光抹旧颜。

红岩村[1]有感

杨桷清歌不去魂，乐天浩气九天存。
朝天门外东流水，善恶忠奸水自分。

【注】

[1] 红岩村位于重庆市渝中区。村中有枝叶繁茂的杨桷树。

湖畔居[1]赏秋

半碧残荷百舸忙，湖光山色一船装。
霜林叶落千竿绿，菊院盆开万朵黄。

【注】

[1] 湖畔居于杭州西湖六公园。

虎跑[1]茶缘

此地随缘茶作酒，紫壶龙井二三盅。

都言一样春芽煮，水用跑泉就不同。

【注】

[1] 虎跑以泉水晶莹甘洌闻名，被誉称为"天下第三泉"，位于杭州市西湖区。

虎丘[1]小拾

行色匆匆到虎丘，裙山叠翠眼前流。

风光最是苏姑塔，日绣烟纱夜弄钩。

【注】

[1] 虎丘位于苏州城西北郊，其名取自吴王夫差葬其父于此，葬后三日有白虎踞其上的传说。

护城河[1]偶拾

七十余泉清似酒，汇波晚照夕霞流。

一开水闸惊林瀑，翠碧千帘入眼球。

【注】

[1] 此处指济南护城河，其是国内唯一由泉水汇流而成的河流。

花朝节[1]赏景

西溪有约赏红时，赤绿黄蓝俱入诗。

柳梦杨妃[2]灯彩舞，陌阡织毯满花池。

【注】

[1] 花朝节，简称"花朝"，是中国传统节日，在每年农历二月初二举行，节日期间，人们结伴踏青、赏红。

[2] "柳梦杨妃"指柳梦梅和杨贵妃。

花鸟岛[1]

展翅礁飞沐彩霞，繁花似锦鸟鸣华。

缭绕云雾洞深处，窥塔听涛问海涯。

【注】

[1] 花鸟岛位于嵊泗列岛，岛的形状如展翅的海鸥，加之岛上花草丛生，故得名花鸟岛。

华顶山[1]

风驰浮锦片云孤。好友相邀草昧初。

琪树九千何必数，拜经已赐牡丹图。

【注】

[1] 华顶山亦称拜经台，其名取自智者大师读《严楞经》的典故。每年五月中旬，华顶山上百亩云锦杜鹃盛开，好像一幅惊艳的牡丹图。

黄　龙[1]

雄世飞龙傲九天，莺歌细细笑花颜。

彩池七色层层碟，碧酿金杯看不嫌。

【注】

[1] 黄龙位于四川省松潘县，以彩池、雪山、峡谷、森林"四绝"闻

名于世，享有"世界奇观、人间瑶池"之誉。

黄茅尖 [1] 风光

天近云低九月凉，瓯源静静细流长。

黄茅送雁秋风速，百果摇枝扑鼻香。

【注】

　　[1] 黄茅尖位于浙江省龙泉山，是瓯江的源头。

黄山迎客松 [1]

游遍黄山七十峰，最怀迎客玉屏松。

傲身不畏霜和雪，长袖轻风拂碧空。

【注】

　　[1] 黄山位于安徽省境内，有"天下第一奇山"的称号。黄山迎客松为其标志性景点。

火焰山

草帽遮头太薄屏，西游此地汗流颜。

火洲自古凉风贵，难怪公主不借扇。

记诗歌春晚 [1]

韵步沧桑又一田，深耕春拥运河天。

腊梅无意辞丁酉，诗草有情把岁妍。

【注】

　　[1] 2018 年 1 月 18 日，第四届中国诗歌春节联欢晚会浙江分会场在

杭州大运河畔举办《运河的春天》迎春诗会，以诗歌送走旧岁，用诗歌迎接春天。

纪念马克思诞辰 200 周年

宣言赠世济时方，真理予人日月光，
历久弥新无止境，千秋思想万年昌。

寄怀警民共建[1]

鱼水情深月筑台，新风习习入心怀。
将军亲调钱塘曲，报与人间瑞韵来。

【注】

[1] 1998 年 3 月 20 日，中国农业银行浙江省分行与中国人民武装警察部队浙江省总队"共建社会主义精神文明"签约仪式在杭州饭店小礼堂举行，开创了我省全系统警民共建的先河。

寄　孙

长空入海碧连天，遥望高雄欲四年。
春去秋来冬又至，学成锦绣把花添。

建言四首[1]

情

五载舟流一水间，三农情结系心田。
建言当是枫林晚，冷暖轻重可问天。

真

世上最难写真篇，人间最贵闻真言。

只缘真情系民众，弹得浓墨直如弦。

实

五年光阴不虚度，余热只为呼与鼓。

实实在在民生怀，真情真意参政路。

乐

如金岁月夕阳红，花甲之年乐事逢。

老树情怀千里月，可邀碧玉借东风。

【注】

[1] 2003年1月至2008年1月，余任政协浙江省第九届委员、农业农村委常务副主任。

建南肖埠职工宿舍 [1]

前春还见菜开花，今夏楼前妹卖瓜。

墙隔几竿蜂欲静，疑思明岁有邻家。

【注】

[1] 浙江省农行南肖埠职工宿舍共84套，原是一片农田，余先后13次到工地现场督促，记忆犹新。如今此地已是市区繁华地带，沧桑巨变，令人感叹不已。

建荣新职 [1]

岁逝龙年劲令融，春风栉沐建隆穹。

长河晓月三千里，醉看新枝映碧荣。

[1] 2013 年 1 月 19 日，农银人寿保险公司在北京正式挂牌，建荣友出任党委书记、董事长兼总经理。

江汉平原[1] 行

江汉荷花百里婷，楚荆文化万盘瑛。

欲谙三国其中事，湖北山河道实情。

【注】

[1] 江汉平原位于湖北省中南部，是我国重要的粮食生产基地，与洞庭湖平原合称"两湖平原"。

江月吟[1]

甬江一曲十年怀，绕拾余音笛瑟开。

闽水桥边深夜月，今宵偏照涌潮来。

【注】

[1] 2011 年暮春晚在福州会友有感而作。

交河故城[1]

雪水分流城脚下，土镌街巷土门墙。

莲花经卷沧桑厚，回首车师岁月长。

【注】

[1] 交河故城位于新疆维吾尔自治区吐鲁番市，拥有两千年的历史，是目前世界上保存最为完好的都城遗迹。

今日余村 [1]

青山泊海竹云轻，碧水流金万态生。
生态万金流水碧，轻云竹海泊山轻。

【注】

[1] 2005 年 8 年 15 日，时任中共浙江省委书记的习近平同志在浙江安吉县余村视察时，首次提出了"绿水青山就是金山银山"的科学论断。十多年来，余村人民在"两山"重要思想指引下，走上了绿色生态发展之路，把昔日一个粉尘蔽日的采矿工地变成了山清、水绿、民富、村美的美丽乡村。

金湖 [1] 偶拾

百里湖山霖润露，漪涟碧波泛轻舟。
水天佛国灵光透，一幕清奇谢九州。

【注】

[1] 大金湖位于武夷山中段的东侧，隶属泰宁县，是福建省最大的人工湖泊。

金陵有约 [1]

一片丹心倾事业，满头白发难回青。
今朝更挑千斤担，会济长风万里行。

【注】

[1] 以此诗为建祥友南京上任送行。

金秋方岩[1]

金鼓洞龙现八筹，五峰瀑布泻清幽。

胡公宝塔天霖沐，八月丹花满树秋。

【注】

[1] 方岩位于浙江省永康市，是著名电视剧《天龙八部》的取景地。胡公指宋代名官胡则。

金石滩[1]

十里沙滩灿似金，绿茵碧水两相姻。

恐龙石畔涛如雪，舟鼓渔歌动客心。

【注】

[1] 金石滩位于辽宁省大连市，有“神力雕塑公园”的称号。

晋阳第一泉

银钩飞碧瑞林融，琴瑟和鸣韵水淙。

不息长流难老泉，十孔分水绿杨浓。

缙云山秋色[1]

秋风霜叶染仙都，一片层林一丽姝。

偷闲方得坐观细，忘吝云山茶一壶。

【注】

[1] 缙云山即仙都山，位于浙江省丽水市。

径　山[1]

峻壁高山力不攀，小池虽静太轻屑。
碧溪翠海分茶寺，难得城深有此山。

【注】

[1] 径山位于杭州城西北，是"禅院五山"之一，存有东坡四上径山、陆羽著《茶经》等多个典故。

九峰梅花

家山春暖梅知早，又见龙溪水弄花。
梦海依稀回故里，一枝一朵数年华。

九峰沐梅[1]

溪边又点万枝红，似有春音脚步匆。
吾咏家乡梅信早，岁寒三友与时荣。

【注】

[1] 丙申年正月初五于宁波北仑九峰山。浙江省金融研究院浙江大学金融研究院常务副理事长、浙江省人民政府原副秘书长陈国平先生即日和《读九峰山人诗》：九峰又绘万枝红，恰似山人不老松。他咏家乡梅信早，我思三友梦芳踪。湖州市文学研究会顾问、湖州市诗词与楹联协会副会长、湖州市书协原副主席高宝生先生即日和《和志华先生七绝咏春》一诗：春风吹动万枝红，雪后晴空喜意匆。新岁添祥三福照，和吟四季百花中。

九峰山赏梅

九峰正月放梅花，红透龙溪洒尽霞。
莫道赏芳春似早，千枝万朵已风华。

九华山^[1] 夜吟

五洞桥影沐荷花，碧玉清波画九华。
月白流禅人欲静，端阳喜庆叫群蛙。

【注】

[1] 九华山观景面积广大，有"莲花佛国"之美誉。

九龙山^[1] 揽胜

奇峰怪石海风掀，雾柳涛松泛碧涟。
廿四山头云里走，静观潮信赛神仙。

【注】

[1] 此处指平湖九龙山国家森林公园，位于嘉兴平湖市，集多种不同的景色风光于一体。

九衢会友^[1]

九衢章乐韵风清，岁月辉增春水生。
自古志强成万事，今日一弦金石声。

【注】

[1] 九衢指浙江衢州。看望增强友即兴。

九姓渔民婚礼见闻 [1]

移家碧水采鱼薪，漂泊寒江不染尘。
战火纷飞融九姓，渔舟爆竹衍联姻。

【注】

[1] 此处指明代陈友谅及其部将的后代，因与朱元璋争天下惨败，故其九姓人家被贬入新安江水上生活，于是便拥有九姓渔民在水上举办婚礼的风俗习惯。

九月桂潮

傲菊开时桂子香，鲲鹏邀友数衷肠。
钱潮澎涌黄金璧，尽入杯中昊泽长。

九寨沟写照

树间流水烨珠弦，水上盆英画卷船。
湖彩三春铺锦缎，神州难得九沟泉。

九寨沟 [1] 观海

孔雀开屏展舞台，观鱼当数五花牌。
熊猫也恋沟中水，镜里依依丽影来。

【注】

[1] 九寨沟在四川省南坪县，因有九个藏族村寨而得名。诗中所称的孔雀、五花、熊猫、镜里分别指孔雀海、五花海、熊猫海和镜海。

酒泉[1] 感怀

葡萄美酒月杯工，绿荫随流五彩中。
莫道风沙荒漠急，壁戈滩上水淙淙。

【注】

[1] 酒泉市位于甘肃省，是中国科学卫星的发射试验基地之一。著名的夜光杯便来源于此。

立冬拾句

西风造势叶飞纷，雨抽霜林欲掘根。
催我篱笆亮嫩细，斜阳生爱翠枝新。

兰亭鹅池[1]

驿亭兰草羽生姿，父子天缘合璧驰。
惊世毫端香水墨，古今天下第一池。

【注】

[1] 兰亭位于绍兴市兰渚山下，东晋年间，王羲之、谢安等四十余人于此聚会，吟诗作词汇成《兰亭集》，王羲之为之题序，兰亭因此闻名于世。兰亭前有"鹅池"二字，相传为王羲之、王献之父子二人合作。

乐山行[1]

初到嘉州急慕亭[2]，大江东去岸风清。
山容仙气天佐合，风蔼诗魂日月情。

[1] 四川乐山市古称嘉州，唐朝时期修建乐山大佛。

[2] 亭指位于乐山东坡楼附近的载酒亭，亭名取自苏东坡的诗句"载酒时作凌云游"。

雷峰塔重建即赋 [1]

檐飞窗绮入云台，湖榭堤门眼下开。

千古夕阳催印月，前番十景又重来。

【注】

[1] 雷峰塔 1924 年倒塌。2001 年 3 月，中国农业银行浙江省分行正式对外宣布：承诺授信 6000 万元支持重建雷峰塔，引起海内外关注。2002 年 10 月建成，登塔倍感亲切。

李香君 [1] 故居抒怀

风月秦淮气节楼，洁身嫉俗稻桑柔。

妆台花影惊天地，船泊芳魂愤世流。

【注】

[1] 李香君是清初戏剧《桃花扇》中的秦淮名妓。

立春一觉

一年之计在于春，吾越高山出岫云。

手术台前心似镜，醒来一觉笑颜真。

立夏旧事 [1]

夏到人间万象呈，糯香豌豆胜粢盛。
两根全笋双双蛋，秤杆声声唱破风。

【注】

[1] 每年5月5日或5月6日是农历的立夏，标志着夏季的到来。

丽园 [1] 晨光

夜雨迎宾院换妆，嫩梨润露炫晶光。
庭前醒梦莺啼枣，静丽悠然好地方。

【注】

[1] 丽园指坐落于著名的丝绸之路重镇——敦煌市的丽园宾馆，宾馆四周二百多棵梨、苹果、杏、枣树围绕，绿叶成荫，全部建筑掩映在绿树丛中。

莲池潭 [1] 偶拾

昔日香飘稻熟时，农家济灌夕阳迟。
相看今日莲花好，龙虎共临聚塔池。

【注】

[1] 莲池潭位于我国台湾省高雄市。莲池潭左右建设了龙塔和虎塔两座塔，相互照应，因湖畔半屏山特殊造型与龙虎塔远近倒映水中，因此有"莲潭夕照"之称。

凉山彝族奴隶社会博物馆[1]观感

创文建历彩云间，碾转农耕古道迁。

彝海结盟[2]传万代，重生一步跨千年。

【注】

[1] 凉山彝族奴隶社会博物馆位于四川省西昌市，馆内展示了奴隶社会样貌形态，是我国首个民族博物馆。

[2] "彝海结盟"是中国共产党的民族政策在实践中的第一次体现和重大胜利，给奇迹般的万里长征增添了最光彩的一笔。

凌霄阁[1]观景

蜡像风云评世界，高楼林立缆车斜。

轻舟泛海天连碧，维港门开万国花。

【注】

[1] 凌霄阁位于香港特区的太平山。太平山为香港特区的最高峰。

浏阳河[1]

九曲弯弯彩挂河，穿林涉涧韵声多。

稻香两岸真情溢，流出千年不息歌。

【注】

[1] 浏阳河位于湖南省，又名浏渭河。一条名河，一位伟人，一首名歌，使浏阳河名扬天下。

六洞山地下长河[1]

长河涌雪暗中观，莹水淳泓胜大川。

玉露幔钟迷眼道，舟行洞府薄衣冠。

【注】

[1] 六洞山位于浙江省兰溪市，六洞山中的"地下长河"景观全程
2500 米，面积 25000 多平方米，因此也有"海内一绝"的美誉。

六和[1]钟声

雍容大度四方苍，海立钱塘八面罡。

卷瀚天风铃似醉，钟声夜半月如霜。

【注】

[1] 此处指六和塔，坐落于杭州钱塘江，具有"天地四方"之意。

六月恋歌[1]

情雨牵风韵事多，诗中书院爱成河。

今生前世长长路，沿途何愁不是歌？

【注】

[1] 2016 年 6 月 12 日于黄亚洲书院"友谊与爱情诗歌朗诵会"。

龙井茶吟[1]

湖雪松风涧水友，沐霜饮露素心修。

青舟一叶南山碧，飘洒清香在五洲。

[1] 西湖龙井起源于唐朝，于明清时期逐渐兴盛，现今为中国十大名茶之首。

龙井听泉[1]

闭眸试茗韵风清，心静听泉水有情。

万条翠枝依旧绿，一眉红叶最知诚。

【注】

[1] 是年深秋于老龙井所感。

龙年贺片

文溪[1]碧水问蓝天，北雁归来几燕看？

熊水巧牵龙女在，倩倩起舞报春妍。

【注】

[1] 文溪指文成县珊溪。

旅法感怀[1]

旅法华人百炼金，爱乡爱国赤丹心。

梦回昨夜同根味，今日相逢似个亲。

【注】

[1] 2002年秋写于法国巴黎。

绿色家园贷款[1]

银桂飘香疏碧霄，金融服务出新招。

谐来生态稽山美,绿色家园助镜桥。

【注】

[1] 2001 年 11 月 18 日,中国农业银行浙江省分行与绍兴县政府在柯桥举行"绿色家园"贷款首批试点项目区(柯桥)合作签字仪式,此项贷款对绍兴县新城建设起到了积极的推动作用。

满陇桂香[1]

秋风几夜茶农笑,万朵千枝桂子黄。

欲把青杯无座席,可知树下尽流芳?

【注】

[1] 满陇桂雨是一条山谷,位于杭州西湖。谷内有寺庙满觉院,每逢金秋时节,桂花飘落,仿佛在雨中前行,故称为"满陇桂雨"。

漫步瓯江路[1]

三十年来首此行,丝丝绿柳岸边青。

如烟旧景流光去,似火朝霞满目情。

【注】

[1] 瓯江路位于浙江省温州市,道路及其一侧沿江景观带公园是城市建设与绿化设计的完美融合,被誉为"温州最美外滩"。

猫鼻头[1] 观景

临南海峡落山风,吹得珊瑚日日红。

千树仙葩棋谱脚,连天碧玉浪涛中。

【注】

[1] 猫鼻头位于我国台湾省屏东县垦丁公园,因其形似猫的鼻子而得

名。"棋谱脚"是一种开白须花的树。

茅庐品茗 [1]

放眸山色调心琴，茅舍品茶健晚身。

膝下弄孙天赐乐，百年香茗最留春。

【注】

[1] 退休以后携孙住山区茅屋即兴所赋。

玫瑰感怀 [1]

玫瑰一束满间香，欲飘穿宫透九窗。

岁月如潮容易逝，忘年天地友情长。

【注】

[1] 为余退休后生日收到忘年之交的好友送来的鲜花而作。

湄洲岛 [1]

碧海金沙日月堆，春风画出绿洲眉。

中秋渔叶樯帆快，慈赐平安百舸归。

【注】

[1] 湄洲岛位于福建省莆田市，岛上有多处富有特色的景点，湄屿潮音、黄金沙滩等，还有被誉为"东方麦加"的妈祖庙。有"南国蓬莱"的称号。

勉同事退休

一生忙碌少闲时，退举能遐彩云驰。

都说光阴无倒字，须知新路味犹滋。

苗家寨做客 [1]

苗寨妍装笙鼓起，一觥浊酒暖心田。
刀山火海 [2] 人间绝，歌舞升平马不前。

【注】

[1] 苗家寨用牛角盛土酒敬迎客人。2006 年写于贵州苗家寨。
[2] 刀山火海指苗家民间表演技艺。

闽越即赋 [1]

杨柳青青岁月更，暮春访献百花明。
冰心闽绣何须墨，万里关山七彩凝。

【注】

[1] 辛卯夏月于福州。

明鉴楼闲拾 [1]

秋风一抹叶黄梢，桂雨撩人压断桥。
静静孤山灯火秀，掬湖夜话雾中娇。

【注】

[1] 丙申年秋日于西湖孤山明鉴楼。

明月颂

月到中秋年运半，春江扁叶渡人圆。
清风自古能传意，送给人间尽是缘。

鸣沙山[1]

碧空九九险峰流，沙韵悠悠唱未休。
天赐漠山神走笔，嫦娥亦恋月牙洲。

【注】

[1] 此处指敦煌鸣沙山。因地理气候等影响，山中发出"嗡嗡"的声响，故得名。山中月牙泉举世闻名。

暮春宿天台山[1]

春烟雾柏株株醉，老树云鹃[2]簇簇生。
草动高寒归鸟静，琼台月夜最清风。

【注】

[1] 天台（字音为 tāi）山是浙江省名山，是著名的佛教胜地。
[2] 云鹃指云锦杜鹃。

南北湖[1]

百株樟柳北南沟，六里茶香果满楼。
滨海西湖青绣帐，孤墩胜过小瀛洲。

【注】

[1] 南北湖位于杭州湾北岸海盐县，此地便是著名的钱塘潮景观的诞生处。

南湖旗

红船旗展开天业，强国富民力拔山。

烟雨楼高三万尺，五洲四海这边看。

南湖[1]烟雨楼

江南名秀题诗楼，夜色迷霾亦有愁。

幸有红船旗举起，春光和煦泽千秋。

【注】

[1] 此处指嘉兴南湖。嘉兴南湖是浙江四大名湖之一，历来是文人吟咏之地。1921年中共一大紧急转向南湖召开，为嘉兴南湖赋予了更深刻的意义。

南京行

清风送我石头城[1]，高铁殷殷一路情。

才见钱塘潮水涌，却闻滚滚漱江声。

【注】

[1] 石头城是南京的别称。乘坐高铁从杭州到南京仅需80多分钟的时间。

南屏山[1]

雷峰夕照映前屏，玉气岚山作后庭。

自古西子无寂寞，只缘长伴晚钟声。

[1] 南屏山比邻西湖、玉皇山，与雷峰塔相对，是西湖十景之一。

南宋御街晨拾 [1]

撷得闲风花不谢，长街十里水溅溅。

百年老店牵情萃，长使游人去复还。

【注】

[1] 乙酉端午作于杭州鼓楼。

农　事

钱塘三月沐春风，百里桃花隔柳红。

若问农行今日事，田间小路访耕翁。

廿八都 [1] 采风

古时衙门古时台，商店钱庄泊巷开。

千载清泉流不尽，名人骁将一都排。

【注】

[1] 廿八都地属浙江省江山市，拥有数千年的历史，是著名商旅要道、兵家必争之地。

鸟岛 [1] 写景

群鸟飞奔万里山，候居西海足悠闲。

皑皑白雪萋萋草，声伴莹莹宝石蓝。

【注】

[1] 鸟岛坐落于青海湖，岛上有三十多种类、数十万只鸟。青海湖是中国最大的内陆湖。

农忙感时

山村半夜月悬天，户户扬播响灶烟。
欲问农夫何以苦，四更就可探田间。

女排之日[1]

红妆映日艳东墙，里约擎杯热气肠。
拼搏迎来秋雨喜，街霖巷沐赞歌扬。

【注】

[1] 2016年里约奥运会女排决赛，中国夺冠。这是中国女排时隔12年后，再次夺冠。下午，杭州下了一场喜雨。

蓬莱阁[1]观海

亭阁飞檐水色清，丹崖十里系舟声。
蜃楼海市多回现，此地牵来翘首情。

【注】

[1] 蓬莱阁位于烟台蓬莱市，是我国目前保存得最完好的古代海军基地，是观看"海市蜃楼"的绝佳地点。是"中国古代四大名楼"之一。

平湖秋月[1]

白沙堤上石栏方，素细流光似梦霜。

湖里跃鱼粼水出，杯中玉兔着罗裳。

【注】

[1] "平湖秋月"位于白堤(原名白沙堤)西端,是著名的西湖十景之一。

浦江[1] 深秋

清露犹寒未结霜，仙华翰墨调青黄。

落霞最是情难了，身置牌楼欲再狂。

【注】

[1] 此处指浦江县。其位于浙江省金华市，境内的仙华山是融山林等自然景色与儒家、宗教等人文景观于一体的胜地。

普救寺[1] 所见

一部西厢笔力遒，缠绵佳话唱神州。

普天多少衷情侣，爱塔星桥作渡舟。

【注】

[1] 普救寺位于永济市蒲州镇。是著名戏剧《西厢记》中所说的爱情故事的发生地。

绮霞园[1] 抒怀

画栋雕梁柳色新，依山傍水不沾尘。

长河小院娇娥月，独照桃源未老村。

【注】

[1] 绮霞园位于浙江省兰溪市，是张学良将军夫人赵四小姐的居住地。是现存保存完整的清代建筑。

钱江源 [1]

莲花溪细力无穷，飞瀑深林九涧通。
阅尽钱江千里径，源头寻梦日垂虹。

【注】

[1] 此处指钱江源国家森林公园，从钱江源头支流的齐溪镇到莲花山庄的这条溪水叫莲花溪。

钱塘送行

满枝喜鹊报云星，壮志凌云沥胆倾。
适借钱塘秋月景，送君万里到天京。

秦皇岛 [1] 杂感

一鸣孤岛沧桑忆，碣石秋风可复年。
天下雄关云浪滚，仲姿泪洒九重天。

【注】

[1] 秦皇岛是河北省省辖市，因秦始皇求仙驻足命名。秦皇岛中建有著名的孟姜女（既孟仲姿）庙。

青城山 [1]

青峰四崝若城池，千级丹梯织锦丝。
蘸取岷巅砚雪墨，幽幽跃纸足吟诗。

[1] 青城山位于四川省成都市都江堰市，素有"青城天下幽"的称号。

青海湖[1] 小拾

咸泊天湖碧玉材，金裘绿毯姹花台。

牦牛背上遐思力，错把湟鱼海里猜。

【注】

[1] 青海湖位于青海高原，是中国最大的内陆湖，湖中盛产全国五大名鱼之一 —— 青海裸鲤（俗称湟鱼）。

青田[1] 石雕博物馆观感

封门花地石粱红，点石成金思不穷。

亭榭飞檐流雨竹，芝田多少梦魂功。

【注】

[1] 青田以石雕著名，被誉为"中国石雕之乡"。

清明回乡

旧舍檐潇漏雨声，游儿泪水润清明。

睡深似有亲娘语，言慰轻轻怕梦惊。

情　怀[1]

论雨言风宿草村，三农情结梦牵魂。

簑翁不效严公钓，愿做田间拾穗人。

[1] 谨以此诗献给为浙江农村改革发展呕心沥血的省咨询委三农部全体同仁。此诗作于2018年7月。

情满雨林[1]

小巧葫芦口吐丝，风情万种咏秋时。
音馨一片椰林谷，满溢乡情彩雀池。

【注】

[1] 2010秋，几位宁波乡亲在西双版纳原始森林公园观看傣族歌舞，我为小孙子买了一个精美的葫芦丝。

邛海[1]拾句

绿草茵茵没径沙，粼粼碧水映韶华。
烟堤胜处凝香露，此地无时不赏花。

【注】

[1] 邛海位于四川省凉山彝族自治州，是四川省第二大淡水湖和十大风景名胜区之一。

秋分[1]逢君

春风不便待秋分，桂子飘滇适遇君。
月夜凉风解人意，冰心一片万星辰。

【注】

[1] 此处指秋分日。好友曾多次邀请，因春季身体稍有不适，秋桂开时方才成行。

秋分西栅夜 [1]

绿洲孤岛锦葵黄，丹桂香楼月似霜。
柔橹声声秋色夜，千船灯火映棂窗。

【注】

　　[1] 西栅位于浙江省乌镇，是现存明清建筑保存较完整的景区，也是国内河道、石桥数目最多的古镇。

秋日翻山 [1]

雨挂泉山石路磷，人峰马岭相扶君。
龙头清水方消渴，六合钟声送梵音。

【注】

　　[1] 秋日雨后，吾从杭州虎跑登山，翻贵人峰直攀至六和塔下山，历时半天，一路风景似画。

秋日寄思

夏去秋来又一帘，中秋月移艳阳天。
莫言流季无情水，秋色调颜画更鲜。

秋日寄友 [1]

金秋十月海霞西，七彩人生话有期。
紫竹林中留晚影，春风秋雨可相怡。

[1] 金秋十月,四十年前高中同学相聚海上城市,共叙别情,畅谈人生。

秋 思

风吟秋桂拾铃佳,短信遥携万里花。
半亩方塘明月皎,人间总有玉无瑕。

秋涛路石刻

祠堤碑立史慆慆,枕上郡亭梦未消。
桂月观潮江上雪,钱塘八景数秋涛。

秋月会友

秋风淡抹玉门开,桂子邀娥醉月台。
难得云闲亭静夕,艋舟千叶万星栽。

求是大讲堂[1]一瞥

蚕豆花香荟菜黄,讲坛高筑气轩昂。
借来孔府三千木,造就江南第一堂。

【注】

[1] 求是大讲堂建筑群位于浙江大学紫金港校区,2017年6月4日求是大讲堂正式投入使用。

热海奇观 [1]

沸泉突滚涌锅台，热散烟河拔海来。
土煮石蒸鱼蟹熟，芭蕉沐浴万年怀。

【注】

[1] 腾冲是我国三大地热带之一，拥有众多温泉，是著名的旅游胜地。

塞外江南

夏秋之交入伊犁，河谷瓜甜草径迷。
踏遍东西无觅处，果然湿岛尽香泥。

三江平原秋行 [1]

秋高气爽结伴行，喜望三江五谷登。
北大荒歌今日唱，满仓黄玉百工兴。

【注】

[1] 考察松花江、黑龙江、乌苏里江三江平原粮食生产时所赋。

三蓬亭 [1] 怀古

烟雨沐秀霁山清，亭匾留言意味生。
人步欲知贫贵事，龙山摩刻可寻名。

【注】

[1] 三蓬亭位于绍兴府山。府山又称种山、卧龙山。其名取自越大夫
文种伏剑自杀的典故。

三清山[1]

千年松树险崖栽，万朵杜鹃峭壁开。

神女司春仙老祷，三清神画得天材。

【注】

[1] 三清山位于江西省上饶市。有玉京、玉虚、玉华三峰。

三台山[1] 沐风

秋风破碧地天青，九曲凭栏沐黛轻。

枝上黄莺几啭细，江箫湖笛两相聆。

【注】

[1] 三台山位于杭州西湖景区，山清水静，风景宜人。

三星堆[1] 怀古

神树通天立九州，三星伴月照千秋。

长河缓缓无停水，古蜀文渊万代流。

【注】

[1] 此处指三星堆遗址，位于四川省广汉市南兴镇，是我国长江流域
早期文明的代表。

沙坡头[1]

河弯九九走荒丘，伸展坡头四望收。

枸杞遍野游客醉，半酣半醒忆沙洲。

[1] 沙坡头位于宁夏回族自治区，是草原与荒漠的交界处，拥有种类众多的野生动植物。

厦门有感

当事空评旧地图，闲来方懂鼓山[1]初。

日光岩上牵眸望，览景犹修十载书。

【注】

[1] 鼓山指厦门鼓浪屿。日光岩是鼓浪屿的最高点。

山庄[1] 见闻

夜听蛙语儿时梦，啼鸟箫晨绿荫中。

半水岸边茶树翠，正逢白蒂[2]熟梅红。

【注】

[1] 此处指湖州市德清荣盛山庄，山庄三面环山一面临湖，茶果沁人，鸟语花香。

[2] 杨梅又称白蒂梅。

赏梅登北高峰[1]

篁翠梅红漫雾封，天人合一笑春风。

丛林深处烟纱寺，润鼓千声揖北峰。

【注】

[1] 北高峰位于杭州灵隐寺后，山峰拥有数百级石磴，还有曲折三十六湾，登峰远望，可以一览杭州美景。

赏月偶感[1]

冰轮出幔故园情，梦里依稀促织鸣。

寄望来年秋月夜，苍穹任我数繁星。

【注】

[1] 中秋赏月，如梦似幻，遗憾的是见不到儿时所观赏的天空中的星星。

赏　竹[1]

日晴筼海月摇涛，雨滴青纱露送潇。

雾淡湘妃生秀气，风拥亮节入云霄。

【注】

[1] 20 世纪 90 年代作于浙江安吉。

上清溪[1] 漂流

丹壁流霞廿里琳，仙帆迎客百转津。

蝉鸣峡谷声声细，竹排回头日已沉。

【注】

[1] 此处指泰宁的上清溪，有金龟送客等多处景点。

深秋阳明山[1]

几日秋风芒草白，烟腾之处雾泉湾。

群芳一展花钟闹，此地阳明四季翻。

【注】

[1] 阳明山原名草山，根据明代教育家王阳明的名号命名。阳明山上花钟一年四季运转。深秋时节，满山芒草白花。

神舟五号 [1] 颂

一声雷响震苍穹，迎客嫦娥捧酒盅。

行走太空华夏梦，长歌漫舞广寒宫。

【注】

[1] 指神舟五号载人飞船。

生产队年终分配 [1]

瓦房灯火爆明玑，喜报劳酬兑有期。

急性姑娘依耳问，今年多少一工分？

【注】

[1] 人民公社年代，社员劳动评工记分，以工计酬，年终分配兑现。

声带手术自嘲自励 [1]

性格生成口里灾，高声讲话祸当栽。

两回手术寻来苦，幸有心田明月怀。

【注】

[1] 1993 年和 2000 年，余两次进医院，分别做了左、右声带手术。

省农行老干部上街送春联

雪霁云寒别样天，农行送福暖人间。

庆春路上红如火，翰墨飘香马不前。

诗情话长[1]

欣逢华诞聚宁波，诗话乡吟胜似歌。

若问雅风来径处，真诚一片韵音多。

【注】

[1] 2009 年 9 月，浙江大学出版社出版了我的《清风吟草》诗集，汇集了我几十年来撰写的诗词 335 首，向新中国成立六十年周年献礼。

诗说科技与微笑[1]

创新脚步惜时光，服务当知怎样忙。

微笑固然镌重要，驰驱科技更文章。

【注】

[1] 1998 年，面对知识经济挑战银行的新形势，我提出"科技比微笑更重要"的观点，当时接受了记者采访，相关内容刊登在 1998 年 7 月 27 日《人民日报》上。

十里红妆[1]

十里红妆彩路长，神仙怎不羡鸳鸯？

青山爱管人间事，绿水桥边数嫁箱。

【注】

[1] 十里红妆是指旧时嫁女的场面，也用来形容嫁妆的丰厚。在浙江省宁波市宁海县徐霞客大道建有"十里红妆博物馆"。

"十一" 手机

朝起机开一片红，江山万里日彤彤。
中华筑梦惊天地，难怪嫦娥舞出宫。

石梁雪瀑[1]

一梁挂宇日光熙，飞雪风雷四季霓。
虎啸龙吟晴亦雨，霜河罨画月流奇。

【注】

[1] 石梁雪瀑又叫"石梁飞瀑"，位于浙江省天台山，有"天下第一奇观"的美誉。

石门洞[1] 感怀

千载飞流月似霜，国师灵石百丛芳。
莫愁学问今生晚，旗鼓洞天可砚章。

【注】

[1] 石门洞位于青田县瓯江之畔。洞内存有明朝国师刘文成公祠等建筑遗迹。

石浦花海[1]

梦幻云湖百亩花，日开万朵夜生华。
玫瑰荷叶千支秀，绣出人间四季霞。

[1] 此处指浙江省云和县云和湖畔，该地拥有薰衣草、向日葵等百余亩鲜花。

寿光[1] 见闻

优稀名特市如云，异果奇珍品味真。

博览园中蔬菜笑，东西南北争三春。

【注】

[1] 寿光位于山东省潍坊市，该地蔬菜种类众多，种植规模巨大，拥有自己的蔬菜品牌。寿光蔬菜远销海内外多个国家和省市，2000 年还曾经创办中国（寿光）国际蔬菜科技博览会（简称"菜博会"）。

瘦西湖[1] 题画

五姹清波眺塔婷，桥通廿四不留名。

琼花送走凌仙泳，远处杜鹃四五声。

【注】

[1] 瘦西湖位于江苏省扬州市，其名源于乾隆年间诗人汪沆所作的一首诗词："垂柳不断接残芜，雁齿红桥俨画图。也是销金一锅子，故应唤作瘦西湖。"

霜林寄语[1]

西风昨夜敲寒窗，老树知秋落叶忙。

此去春林多少路？心田不老四时芳。

【注】

[1] 丙申霜降于杭州凤山门。

水帘洞^[1]写景

雨后夷山雳雾间，垂帘赤壁万千纤。

台前点将龙珠舞，山水长廊写绝篇。

【注】

[1] 水帘洞位于福建省武夷山，是武夷山最大的洞穴。

水乡^[1]观古桥

八字三河九曲风，题扇书圣^[2]扼乌篷。

北湾^[3]鲤跃康公^[4]笑，卧月长虹舞镜^[5]中。

【注】

[1] 水乡指绍兴，其境内桥梁众多，因此也有"桥乡"的美誉。

[2] 书圣指王羲之。

[3] 北湾泛指北海桥、鲤鱼桥、谢公桥。

[4] 谢灵运又称康公。

[5] 镜指镜湖，为绍兴主要水系。

思　念^[1]

又值清明夜梦长，追思枕泪旧门墙。

桃红时节无情雨，最是浇人忆断肠。

【注】

[1] 作于丙申清明。

松涛依旧[1]

暮色苍黄九里松[2]，晚霞更胜昔时红。

涛声依旧回头看，隔树双峰[3]意未穷。

【注】

[1] 谨以此诗献给年入花甲的浙江大学姚先国老师。

[2] 九里松位于浙江省杭州市，因其九里内松木成林，故称为"九里松"。

[3] 双峰指的是杭州西湖南高峰和北高峰。

颂平民英雄"三吴"[1]

根深润土育新枝，爱化晶珠涨吴池。

我赞三吴天道事，千笺万墨写成诗。

【注】

[1] 三吴指浙江省宣传的"最美妈妈"吴菊萍、"平民英雄"吴斌、"最美交警"吴连表。

苏祠有感

故居遗风宇外弦，披风摘露径铺笺。

南轩[1]一读方知少，千古文章懂半篇。

【注】

[1] 南轩指苏轼的《南轩梦语》。

苏堤春吟[1]

苏公一笔六桥通，十里桃花竞宠荣。
潋滟垂帘西子唱，情丝织出碧纱笼。

【注】

[1] 杭州西湖苏堤是北宋文学家苏东坡任杭州知州时疏通西湖，利用淤泥所筑而成，后便以其名字命名。

苏堤行

遗梦情堤丽月天，千丝万朵总相牵。
钓翁只望鱼儿笑，不屑桃桥柳羽烟。

台北101大厦[1]

摩天观景倚云台，巧妙神球最入猜。
眼底分明宫殿故，如何九昊雾门开。

【注】

[1] 此处指我国台湾省台北市新光摩天大厦，大厦共101层，高508米，站在其上可以观望台北景色。

台北杂感[1]

菊傲黄花满巷枝，正逢竞选舞旗时。
一河淡水[2]风吹起，半幅山图[3]系我思。

【注】

[1] 抵我国台湾省台北市正遇五都选举。

[2] 淡水指淡水河。

[3] 山图指《富春山居图》。

台湾行

同乡同土五家行，逢寿壶觞肺腑倾。

老朽无用心作笔，诗笺七彩写深情。

叹田螺

莲步轻移思虑多，惧风怕浪水泥磨。

只因无援时机错，重驮锅房失渡河。

镇海寺 [1]

欲露还遮昊缈中，相邀明月戏珠龙。

倚栏白玉临空瞰，流韵潺潺探迹踪。

【注】

[1] 镇海寺位于五台山，该寺庙拥有许多未解之谜。

汤公 [1] 春事

班春 [2] 农劝力心田，书履挥鞭 [3] 足事先。

借得二三烟雨好，骨风撑起杏花天。

【注】

[1] 汤公指汤显祖，是中国明代著名戏曲家，著有《牡丹亭》等经典

戏剧。被誉为"东方的莎士比亚"。

[2] 班春指颁布春耕的政令。

[3] 挥鞭指耕田时驱牛使鞭。

陶公岛 [1]

春秋名将立朝功，携美隐商富甲雄。

半岛钓矶闲鹤曲，一本潭水贮钱盅。

【注】

[1] 陶公岛位于宁波东钱湖。因范蠡退隐的典故而得名。

腾冲北海湿地 [1]

高原堰塞草菁菁，浮毯舟人湿地轻。

金凤花开秋色早，小船破碧跃鱼声。

【注】

[1] 北海湿地为火山爆发形成的浮毯式湿地。

题百山祖 [1]

薄暮千层草木闲，冷杉争日比峰峦。

眼前曾似红花海，冰瀑银凇素裹山。

【注】

[1] 百山祖位于浙江省丽水市，是浙江第二高峰。著名的"百山祖冷杉"便生长在这里。

题荷花 [1]

六月荷花满柳塘，无穷碧叶着新装。
风催莲步谦身立，出污无尘志气昂。

【注】

[1] 荷花又名莲花、水芙蓉，其出淤泥而不染的品格被世人广为赞扬，因此荷花也是历代文人吟咏歌颂的景物。

题束河古镇

冰雪泉歌唱不休，清清白白写春秋。
荫街三用 [1] 无愁井，洗尽人间恼与忧。

【注】

[1] "三用井"指水位从高到低第一用为饮用水，第二用为洗菜，第三用为洗衣服。

题阳关 [1]

旧时丝路岁流遥，追古谈遗客似潮。
不唱琵琶离别曲，关西互送桂花糕 [2]。

【注】

[1] 阳关位于甘肃省敦煌市，是古代丝绸之路的必经之地，在玉门关南面，与玉门关同为重要的陆路通道。

[2] 重阳糕又称桂花糕。是年去阳关巧遇重阳节，十分热闹。

题玉皇山 [1]

天一芳池邀晓月，南天门外采涛声。
飞云缥缈迷人眼，穿见湖江梦海行。

【注】

[1] 玉皇山位于西子湖与钱塘江之间，山顶有天一池，取"天一生水"之意。

题镇海支行新大楼落成 [1]

二十三年岁争春，艰辛创业摘松云。
弄潮步海谁能手？当数农行破浪人。

【注】

[1] 欣闻中国农业银行镇海县支行新大楼落成，十分高兴，农行恢复时，余曾在此工作过，即兴赋诗以表祝贺。

天一池

玉山请水芳池捧，缥缈岚烟试笔锋。
绘尽钱塘今与昔，云铺长绢墨歌丰。

天一阁 [1] 读书

天下藏书第一家，卷香伴我度周霞。
攀登学径风帆满，忘却山头已日斜。

　　[1] 天一阁位于宁波市月湖旁，余在宁波效实中学读书时，星期天常常在那里读书，留下了许多终身难忘的记忆。

田园秋歌[1]

　　金涛万顷逸娇娥，红柿青瓜压断河。
　　田舍新茅鸡竞戏，老翁锄草唱山歌。

【注】

　　[1] 2012 年中秋于宁波农村。

铁山[1] 望芜湖

　　长廊竹苑千枝翠，半水莲香溢四方。
　　拾级赭山江上眺，彩虹飞练卧龙跄。

【注】

　　[1] 铁山指安徽省芜湖市赭山。

听苏州评弹[1]

　　一曲琵琶蝶恋花[2]，万重史曲韵中华。
　　太湖唱尽姑苏美[3]，半醉吴花雨后霞。

【注】

　　[1] 2011 年在嘉兴组织老干部活动——听苏州评弹。
　　[2] 蝶恋花指毛泽东词《蝶恋花·答李淑一》。
　　[3] 此处指歌曲《太湖美》。

同窗寄念

风雨来人涉路长，无须相见费思量。
同窗共读真情在，心掬丝霞几断肠。

同窗寄情

三载同窗胜玉瑜，一朝离别泪穿渠。
不知何日重相聚，北斗河边再钓鱼。

途经果子沟 [1]

瀑泻云杉画入绸，高桥横渡白云洲。
天之骄子西征路，百转咽喉景色幽。

【注】

　　[1] 果子沟位于新疆伊犁，是丝绸之路的咽喉之地，有"铁关"的称号。

晚霞抒怀

放眼青山把月琴，沏茶垂钓自由身。
弄孙才有天伦乐，一抹云霞最是春。

途经昭君村 [1]

兴山春雨育芳妍，北雁归飞却断年。

眼下分明贤媛石，犹听塞外四弦鲜。

【注】

[1] 昭君村位于今湖北省兴山县。

王会悟[1]纪念馆

玉立沧桑海柱雄，计安一大建奇功。

凌风乘鹤三千丈，绝唱英名九曲丛。

【注】

[1] 王会悟1898年出生于浙江省乌镇。是中国共产党创始人之一李达的妻子。1921年7月中共一大会议召开，王会悟参加了大会的筹备、会务和保卫工作。现在乌镇建有王会悟纪念馆。

网岙龙潭[1]观瀑

春花飞瀑石门开，盛夏帘风扑面来。

桂沁秋珠溅玉碧，冰粼三九耀琼台。

【注】

[1] 网岙龙潭位于宁波九峰山，龙潭瀑布落差大，四季有截然不同的景观，是观赏胜地。

威海[1]拾得

蓝天碧海博浪横，红瓦香薇满地菁。

花石晶莹呈五色，桃源境处钓鱼亭。

【注】

[1] 威海是山东省地级市，是我国首批沿海开放城市，也是近代甲午战争的发生地。

我看无字碑 [1]

指点江山九五位，雄才治国胜须眉。

是非功过谁评说，万古流芳可阅碑。

【注】

[1] 无字碑在现陕西省西安市，是中国历史上唯一一位女皇武则天的墓碑。

乌石潮音 [1]

卵石斑斓垒海滩，樟州湾里乌龙闲。

最倾明月天高夜，银甲潮音出广寒。

【注】

[1] 乌石砾塘由黑亮的鹅卵石塑造而成，受海潮击打之后，便形成了著名的"乌塘潮音"。

五龙潭 [1]

岩潭五井相侯多，幽谷云深木恋萝。

奔瀑驾龙天欲近，腾空一跃唱新歌。

【注】

[1] 五龙潭位于宁波市，指的是孚泽潭、沼泽潭、润泽潭、利泽潭、显泽潭五潭。

五月初五[1]

重五玉粽箬叶长，青青白白古风香。
登高望断钱江水，泪祭忠魂锁朝阳。

【注】

　　[1] 每年农历五月初五是传统的诗人节。清晨，余登上杭州吴山，偶有几个雨点，烟雨蒙蒙，遥望钱塘江，吟诗一首，纪念爱国诗人屈原。

五月纪事[1]

汶川浩劫寸心驰，三咽雄鸡噩梦时。
首领养金交党费，权当寄语抗灾师。

【注】

　　[1] 2008年5月，四川汶川地震，适遇我退休第一个月领取养老金1000元，全部向党组织交了特殊党费。

武当山幸得

十度轮回半梦骞，一擎托起六百年。
南修岁月东流水，有约前缘在此间。

武夷山[1]情

莺细三声隔树清，武夷山水玉壶迎。
岩茶一杯催人醉，万缕思情伴晚程。

【注】

[1] 武夷山位于福建省,是著名避暑胜地。该地有著名的武夷岩茶,是我国极品的乌龙茶。

戊戌惊蛰 [1] 听雷

春雷花雨万丛栽,似画如诗百廿怀。
时代播新山水笑,黎民思念泪泉开。

【注】

[1] 农历戊戌惊蛰节气为 2018 年 3 月 5 日,是周恩来总理诞辰 120 周年纪念日。是夜春雷滚滚,春雨催花。

雾中观景

凉风习习大悲山 [1],细雾三重更好看。
万顷波涛埋秀色,沙滩姐妹理烟鬟。

【注】

[1] 大悲山位于嵊泗本岛,其山顶的观景台可俯瞰基湖、南长涂两大姐妹沙滩,是岛上登高揽胜的好去处。

西　湖

西湖碧水梦依依,雪断桥疑启晓堤。
堤晓启疑桥断雪,依依梦水碧湖西。

西泠桥 [1] 赏荷

日照清莲绣碧空,风携荷露染香穹。

览穷四季红泱绿，还数西泠杪夏^[2]中。

【注】

[1] 西泠桥位于杭州市，是西湖三大情人桥之一，此地拥有苏小小的传说。

[2] 杪夏为农历六月的别称。

西泠印社 [1]

印渊东汉铸春秋，垒翠云山笔力遒。
昔日吴公^[2]三点墨，后人享尽万年收。

【注】

[1] 西泠印社于清朝创立，是中国乃至世界影响最广的印学、书画研究的团体，社内收藏艺术品六千余件，有"天下第一名社"的称号。

[2] 吴公指吴昌硕。

西欧十字路口 [1]

八方路口约盟心，不虚欧洲首府勋。
此处风光何问月，当推市里九球君。

【注】

[1] 十字路口指比利时的布鲁塞尔。

西溪夕拾

小楼隐处半苔津，老柳横池几鸟吟。
蓬草飞花缠水月，暮春瞬遇雨留人。

西塘[1]写景

张氏根雕玉不瑕，瓦当[2]文化越乡花。

长廊千丈迷人弄，廿七兰桥枕水家。

【注】

[1] 西塘古镇位于浙江省嘉善县，是春秋时期吴越文化发源地，古镇中有长达千米的长廊。

[2] 瓦当是中国古代建筑特色，多数位于建筑筒瓦顶端下垂位置。

西栅风光[1]

碧琼环岛石桥斜，草本生津伴小花。

渡口马灯三白酒，月浔客栈一千家。

【注】

[1] 诗中马灯指走马灯；三白酒为乌镇特产；月浔客栈指民宿。

锡伯民族博物馆[1]

西迁湿地路茫茫，屯垦犁成五谷仓。

试箭一羽寻往事，四胡齐奏咏新妆。

【注】

[1] 锡伯族博物馆位于新疆伊犁察布查尔锡伯族自治县。

下龙湾[1]印象

海天一色九千迷，千岛林生各立奇。

峰石斗鸡帆柱起，水天闻桂八仙题。

【注】

[1] 下龙湾位于越南广宁省，景区有数千个岛屿，因其山水景色与桂林相似，故也有"海上桂林"的称号。

夏日清风

树荫留人夏伏中，垂凉唤借有南风。

扶摇破暑连三日，绣出荷花映面红。

夏威夷[1]写景

四时苍翠尽芙蓉，多少兽身相绿蝶，

碧波银滩浪不汹。笑看群鱼水晶宫。

【注】

[1] 夏威夷州位于太平洋中部，其中"绿色人面兽身蝶"是岛上一种极为罕见的蝴蝶。

夏至[1]杨梅红

昨夜青溪隔树泷，枝头露果惹人宠。

杏黄飘处农家乐，夏至杨梅一路红。

【注】

[1] 夏至是二十四节气之一，标志着夏天的正式到来。

仙山湖[1]

苍山比翠生灵气，碧玉无瑕露蕊玑。

水载杨林千里墨，婆娑垂柳是苏堤。

【注】

[1] 仙山湖位于浙江省长兴县，由拥有"小九华山"之称的仙山和"东方的亚马逊"之称的仙湖共同组成。

闲　亭

人生一路走茫茫，半是风霜半是忙。
手把闲壶何处去，凉亭歇脚一方塘。

乡　愁

飘风秋雨隔窗愁，雨隔窗愁雁北投。
愁雁北投乡叶落，投乡叶落飘风秋。

乡村放电影[1]

僻乡晒场闹洋洋，西日还斜竹椅抢。
孩子群随追影讯，今天片子有多长？

【注】

[1] 20 世纪 60 年代余在农村放映电影的情景，一生难忘。

乡　居

昨夜东风总不眯，早邀燕子啄春泥。
无眠又被枝头闹，隔树还听几处啼。

乡 山

山作书屏海抵馍，三千光景一时过。

忙忙追日都成去，坐爱闲林将句磨。

乡 土

故乡泥土最芳香，洒入春风沁透杨。

窥尽狮山[1]鬓未老，夕阳喜抹旧门墙。

【注】

[1] 余家门前的一座山形似狮子头，故称狮山。

湘湖寄怀[1]

五秩匆匆六又添，同舟回首八千年。

烟湖白鹭晴空碧，万丈深情涌碧澜。

【注】

[1] 戊戌孟冬，阔别五十六年的效实中学高中同班同学聚游湘湖，追古抚今，谈笑风生，同窗情义天地可鉴。

湘湖[1]觅句

桥门跨泊石虚淹，独木舟声醒睡莲。

借得湘君三捧水，乾坤洒尽八千年。

【注】

[1] 湘湖位于杭州萧山，有八千年的历史，是西湖的姊妹湖。

小儿寄居读书述怀 [1]

一张调令重千斤，万事当归履职心。
唯有小儿求学事，临时寄读泪如淋。

【注】

[1] 当时一家分居三地，小儿刚上小学读书，无人照顾，只好寄居老领导宿舍，无限情义，永生不忘。

小棉袄

年来岁往病渐随，终有洪荒力亦衰。
吾儿胜过小棉袄，康复医林朝夕陪。

晓步含鄱口 [1]

含鄱带水浪涛拥，难得匡君露玉容。
旭日湖升天欲近，东南半壁一轮红。

【注】

[1] 含鄱口位于江西省九江市，是庐山观日的最佳地点。

晓登观沧楼 [1]

山风几起竹头凉，披露穿云望故乡。
极目东溟愁日短，邀天牵住万杆樯。

【注】

[1] 观沧楼位于宁波市北仑区小山公园。

写八桂田园[1]

桂中大地百啼莺，农业文传四季青。

秋果露华千蝶舞，席间野菜点花名。

【注】

    [1] 八桂田园在广西南宁郊区，满园奇花异果，游客如织。多个国家
领导人和外国元首曾去视察。

写清风摄影社三台山活动

纷纷花雪映天云，拾影香机试树曛。

曛树试机香影拾，云天映雪花纷纷。

写在 G20 杭州峰会开幕前三首[1]

潮 头

钱塘八月涛蓝天，峰会帷开万众翩。

勇立潮头迎四海，古城今日谱新篇。

包 容

八月天堂桂子香，广寒宫酒五洲觞。

同舟共济西湖晚，世界包容活水长。

秋 实

我歌八月杭州美，更喜今年四望收。

春夏播耘秋果实，花欢潮涌度中秋。

【注】

[1] 丙申年八月初二作于杭州。

新春团拜会文艺演出观感 [1]

笠琴筛管远山来，乡土风情溢戏台。

海峙姑娘渔网结，兴宁湾畔浪花开。

【注】

[1] 杭州宁波经济建设促进会 2012 年度新春团拜会由促进会和宁海县委、县政府主办，文艺演出既有浓郁的节日气氛，又有鲜活的乡土气息，即兴赋诗。2012 年 1 月 7 日作于浙江省人民大会堂。

新疆之行 [1]

心掏天山十日行，数峰拾韵又添程。

磨穿砚底愁笺短，毕竟新疆处处情。

【注】

[1] 丁酉夏作于乌鲁木齐。

雄关杂感

孤岛沧桑一片迁，秋风碣石浪浏年。

雄关足下涛如雪，女庙 [1] 浮云泪恨天。

【注】

[1] 此处指位于秦皇岛的孟姜女庙，其庙前廊柱上有一幅对联，上联为"海水朝朝朝朝朝朝落"；下联为"浮云长长长长长长长消"，耐人寻味。

宿岱山^[1]

轮月萧萧海岛情，谢洋祭海鼓钟声。

当年欲论秦皇剑，输了何愁岁不平。

【注】

[1] 岱山县位于舟山群岛中部。根据史料记载，三神山中的蓬莱山，便是现在的岱山，因此岱山又被称作"蓬莱仙岛"。

宿禾木山庄

悠悠木屋座花丛，点点星星月似弓。

篝火烁山歌舞毕，草香催梦水鸣钟。

宿江山

故人有约会须江^[1]，一路春风想断肠。

梦饮白坑山谷水，倍怀世上友情长。

【注】

[1] 须江是流经江山市城区的一条河流。

宿龙泉

鸡啼林海壮龙渊，驿道驰风借玉蟾。

万铺青瓷千店剑，香菇醒市晓星残。

宿陆羽山庄 [1]

朝收莺露夜听更，竹海当床水作屏。

把盏沉浮闻世味，隔溪钟鼓伴书声。

【注】

[1] 陆羽山庄位于杭州城西北径山镇，该地拥有著名的茶道发源地——径山寺，现在为浙商银行大学所在地。

宿梅家坞 [1]

茶芽清淡结友途，品茗观尘有亦无。

莫苦人生烦事索，琅玡十里奉砂壶。

【注】

[1] 梅家坞位于杭州西湖，拥有数百年的历史，是西湖龙井的主产地之一。

宿宁波工人疗养院 [1]

秋风带雨海澜澜，小岛渔歌醉港湾。

梦醒推开窗外绿，鸥飞滩唱半边山。

【注】

[1] 宁波工人疗养院位于象山县石浦镇半边山。

宿千岛宾馆 [1]

万顷碧波绿岛幽，人欢鱼跃唱归舟。

新安江水清如碧，宾至仙乡岁月留。

[1] 千岛宾馆位于建德市白沙镇，原为农行培训中心。

宿石塘[1]

石街石屋石头房，月白风清洗帐窗。

浪拍渔舟推梦醒，起身喜沐一曦光。

【注】

[1] 石塘位于浙江省温岭市，是中国大陆新千年第一缕曙光首照地。

宿台北桃园机场[1]

悠悠银燕走海空，红日曈曈两岸通。

六十余年情似梦，醒来还祈九州同。

【注】

[1] 时日，从宁波栎社机场飞到我国台湾省台北市台北桃园机场仅用一小时十五分钟。

宿天津[1]

海河灯火旧时情，梦倚津门月桂明。

一别校园三秩远，腮边垂泪淌残更。

【注】

[1] 丁酉季秋作于天津。

宿桃花岭[1] 有感

夷陵形势漫天行，怎见长江险峡[2] 平？

车站恍然山半梦，逢时兴邑月星明。

【注】

[1] 指宜昌桃花岭宾馆。宜昌市面积最大的行政区是夷陵区，位于渝鄂交界处，有"三峡门户"的称号。

[2] 险峡指西陵峡，以其航道曲折惊险闻名。

宿阳朔[1]

碧玉奇峰二万多，莲花朵朵绣青罗。

月光移步千榕寿，红石台前可对歌。

【注】

[1] 阳朔即阳朔县，阳朔县多数人家都建立在山峡之间，好似一朵莲花。

宿紫云阁[1]

云台漏宿雨潇潇，列岫峰峦雾气缭。

晓鸟枝头声步细，仙山雾沐果然娇。

【注】

[1] 紫云阁位于武当山顶。

绣红旗[1]

长夜霾霾六月寒，春雷阵阵擂新天。

针针线线英魂血，监狱红旗炫万年。

【注】

[1] 此处指《红岩》小说情节。

悬空寺[1]印象

摩云峭壁殿宫奔，丝发三根吊殊珍。
栈道险情人气漫，飞檐造势半空吞。

【注】

[1] 恒山悬空寺原名"玄空阁"，位于山西平城，是佛、道、儒三教合一的寺庙。

雪后春节回乡偶感

大年初一艳阳红，童少新衣画雪琼。
相见只言城里客，直抛银蛋指云峰。

漩门湾国家湿地公园[1]

芦花秋韵月滩闲，百鸟鸣朝闹满湾。
借得芭蕉千片叶，作笺写尽万杆帆。

【注】

[1] 漩门湾国家湿地公园位于浙江省玉环市，是世界珍稀保护动物黑嘴鸥的主要越冬区。

雪山[1]夜话

蒙蒙细雨涤风尘，隔树灯光笑语亲。
秋实春华多少忆，峰回征路更攀新。

[1] 雪山指温州雪山饭店。

雪天游峨眉山[1]

岁开飞雪万株新，秀气银妆太惹人。

金顶皑皑冰玉日，世间烦事扫离尘。

【注】

[1] 2011 年 1 月 2 日，峨眉山大雪纷飞，银妆素裹，分外妖娆。驱车至金顶，一轮红日，千里云海，冰清玉洁，心旷神怡。

雪夜贺片[1]

初宿江塘[2]旧岁追，梦拥硕果笑九回。

早窗推出龙飞雪，满地银装好兆随。

【注】

[1] 此诗是写给时任农行永嘉县支行行长陈忠献的新年贺片。

[2] 江塘指温州市永嘉县城，位于浙江省瓯江下游。永嘉，取"水长而美"之意，是温州地区文化的起源地。

亚道尔夫桥[1]

峡中城市柱墩高，十孔凌空尽妖娇。

借得欧钞倩影走，誉享五洲铄名桥。

【注】

[1] 亚道尔夫桥即亚道夫大桥，位于卢森堡，是欧洲杰出建筑之一。

眼花拾句

耄耋眸花肚里明，无须把事细看清。
吟诗品茗能游目，万家灯霓玉宇莹。

堰功道寻踪[1]

四六分流二八沙，宝瓶吞碧总堆霞。
堰功鱼嘴人间杰，卧铁之奇誉天涯。

【注】

[1] 此处指都江堰为纪念治水的有功之人所修建的一条长道，名为堰功道。

雁荡山[1] 小拾

移步娇形月下勾，奇峰怪石走无休。
蛟龙唤雾溟天降，百里潇潇沐雁湫。

【注】

[1] 雁荡山位于浙江省温州市，因"山顶有湖，芦苇丛生，秋雁宿之"故以此名之。

杨公堤拾遗[1]

三百春秋积梦栖，六桥还我旧时堤。
风光再抹茅家埠，曲院醇香远名羁。

[1] 杨公堤位于杭州西湖，是"西湖三堤"之一，堤上六桥为"里六桥"。20世纪末到21世纪初，西湖综合治理，三堤再现。应杭州市政府盛情邀请，省政协委员视察新西湖，先睹为快，即兴赋诗。

邂逅小楼

春风杨柳一杯茶，卅载烟楼雨后霞。
故旧心中三五月，丝丝缕缕照年华。

夜半深山 [1]

初识磐安月半空，金融卫士立青松。
众人皆说鲜花有，回首原来映血红。

【注】

[1] 1992年夏，浙江省磐安县飞舟农村信用社（因该社员工蒋飞舟英勇牺牲而称之）遭歹徒抢劫，主任裔根娣和年轻员工蒋飞舟智勇应对，库款保住了，但蒋飞舟被丧心病狂的歹徒炸死，裔根娣重伤。是日傍晚接电，我顾不上吃饭急赶赴磐安调查慰问。在崎岖山路上驱车六个小时，到磐安山城已近深夜十二点，于是就有了广为流传的"夜半送鲜花"的故事。

夜登西安城墙 [1]

欲酣西凤 [2] 鼓声催，古乐邀宾笛管追。
钟月楼光盛世美，城墙灯火伴春雷。

【注】

[1] 西安城墙位于西安市中心区，是中国现存最完整的一座古代城垣建筑。

[2] 西凤指陕西产的中国名酒——西凤酒。

夜港海参崴 [1]

观景边湾带月回，百年军港夜光杯。

凉风习习霄吹去，声声波涛教客归。

【注】

[1] 符拉迪沃斯托克市，原名为"海参崴"，位于俄、中、朝三国交界处，是俄罗斯主要的港口城市。

夜　拾 [1]

中华节日五千年，端午粽香七夕甜。

国人自有国人乐，休理洋更云枕眠。

【注】

[1] 作于丙申冬月廿六日夜。

夜宿邛海湾

月影山光绣锦屏，忘情湿地忆春城 [1]。

梦牵索玛花 [2] 开季，客醒湾鸡唱晓声。

【注】

[1] 此处指西昌，西昌素有"小春城"之称。

[2] 索玛花是杜鹃花的彝语名，是我国十大名花之一，被誉为"高山玫瑰"，有迎客之意。

夜游南湖

月儿如钩舸似流，朦胧夜色梦乡幽。
满天星斗鳞波闪，烟雨三层岁步稠。

夜游珠江 [1]

十里清江十里红，轻舟泛泛唱凉风。
彩虹明月船天过，南国风光尽水中。

【注】

[1] 珠江旧称粤江，发源于云南省马雄山，流经滇、黔、粤、桂四省及港澳地区，为中国第三长河流。

谒孤山鲁迅雕像 [1]

花香时节谒尊容，朵朵红梅伴劲松。
猜是先生忙呐喊，留言寄望炯山中。

【注】

[1] 鲁迅塑像位于浙江省杭州市。鲁迅原名周树人，是中国现代伟大的文学家、思想家和革命家。

谒关帝庙 [1]

悬梁挑柱春秋 [2] 阅，立马横刀青日昭。
留得精诚忠义在，江山万里尽妖娆。

【注】

[1] 解州关帝庙位于山西省运城市。

[2] 此处指山西运城"春秋楼"，因楼内有关羽夜读《春秋》雕像，故名"春秋楼"。

异乡思情

独客滨城[1]柳色新，一声问候敌千金。

人间自有真情在，千里孤篷蕴镜心。

【注】

[1] 滨城指大连。

银川秋色[1]

秋高塞上靓时妆，枣子鲜红稻菽黄。

百里枸杞枝上火，贺兰山下水添光。

【注】

[1] 银川市简称"银"，是西夏王朝的古都。

忆童年三首

破迷信[1]

村里来了小半仙，卖宣邪术鸟知先。

我言奥妙穿其计，背起书包放纸鸢。

写　信 [2]

烛光垂泪怕窗风，首草回书似搏峰。

复恐信中牵错字，临邮急急又开封。

参加少先队代表会 [3]

手接通知喜上眉，县城开会第一回。

夜来梦短风尘早，四十长程击鼓催。

【注】

[1] 1953 年习于网岙。

[2] 1954 年遵母嘱，第一次写回信外寄。

[3] 1955 年，时就读清水小学，徒步四十多里路参加镇海县第一届少年先锋队代表大会。

银杏送凉 [1]

挂枝金叶换秋装，白果难逢旧夕霜。

寒露贯珠还是请，河边又见菊花黄。

【注】

[1] 由于全球气候变暖，秋天的宁波已很少见到地上有霜。

英雄回家 [1]

英雄壮志垂青史，马里归来举国迎。

维护和平歌一曲，忠诚谱就五洲情。

【注】

[1] 2016 年 6 月 9 日是端午节，载有赴马里维和部队战士申亮亮烈士灵柩的飞机抵达长春龙嘉机场，亮亮，我们的英雄，在端午节回家了！

迎春曲

欣闻喜事话唐宁，仙女倾杯一片情。
窗外雪飞春欲到，纷纷催柳奏天笙。

应县木塔[1]

玉莲高耸白云边，千载风云典世间。
花雨香风情不老，雁门关外仰头看。

【注】

[1] 应县木塔全名为应县佛宫寺释迦塔，是现存历史最悠久的纯木结构建筑。

永　康[1]

吴语侬侬润丽州，五金百业繁花稠。
锡壶一把雕人气，造福黎民万古留。

【注】

[1] 此处指浙江省永康市，当地人所说的永康方言为吴语的一种。永康还以锡器制品闻名，有着"中国五金之乡"的美誉。

甬城寄友[1]

鲲鹏展翅再凌风，催晓征途又一程。
岁月犹如弹指梦，唯存善待最能听。

【注】

[1] 此诗为调离农行的顾惠明友送行。

甬江潮

三江口上千帆过，时代风云月万重。
融海奋流歌似马，潮来潮去唱英雄。

咏湄洲岛

碧海金沙浪里堆，春风画出绿洲眉。
中秋渔讯千帆快，慈佑平安百舸归。

咏清风

树荫留人夏伏中，垂凉唤借有南风。
扶摇破暑连三日，绣出荷花映面红。

咏浙银大学

一抹流烟月下看，潇潇学府仰高贤。
书林风叶皆知识，天下文人重径山。

咏门前银杏林四首

窗前银杏

久居中河廿载长，繁芳看尽日头斜。
初冬鸭脚霜天挂，终有窗花格外香。

满河黄金

雍容风韵拂轻尘，醉后娇杨伴锦鳞。
文杏浓妆仙子美，小桥流倩满河金。

银叶^[1]春意

银林飞叶舞春烟，片片清香向日鲜。
炎凉世态一时醉，奉茗文君年复年。

叶落归根

风起初更叶落荒，三竿日照地生光。
归根本是寻常事，却断愁肠忆故乡。

【注】

[1] 此处指银杏。

咏箬寮^[1]原始林

古木参天峡谷静，杜鹃叠锦碧琼暝。
龙潭飞瀑淋奇石，木屋灯桥踏月行。

【注】

[1] 箬寮位于松阳县。是著名的自然保护区，有多种珍稀动植物。

咏岁贺诗 [1]

贺岁钟催又一年，应禧龙晓拂人间。

根深冷岙骁山石，淼淼溪流写锦篇。

【注】

[1] 附壬辰岁首应根淼诗友和诗：贺岁金龙拜新年，蒋翁佳作李杜篇。志高千丈祥云瑞，华诗美韵遍人间。

咏新疆国际大巴扎 [1]

观光雄塔耸穹苍，西域物华越汉唐。

满目琳琅珠玉姹，丝绸路上世之窗。

【注】

[1] 新疆国际大巴扎位于乌鲁木齐市。

咏杨梅 [1]

时逢夏至满山红，村野醪糟隔树浓。

攀上枝头仙果采，恋梅情趣乐无穷。

【注】

[1] 杨梅又称树梅，主要产于江浙一带，其中余姚种植面积最大，历史最久，因此余姚也被称为"中国杨梅之乡"。

咏中国青瓷小镇[1]

梅子流酸出古窑，青姬魂舞尽妖娆。

匠心不老传薪火，玉镜磬容醉碧霄。

【注】

[1] 此处指浙江省龙泉市的西大门上垟镇，该地是著名的"青瓷之都"，制瓷工艺闻名中外。

游大安源[1]

清风润水乱云流，留给人间静静游。

更恋柔情松抱石，深山含笑掌花秋。

【注】

[1] 大安源位于武夷山市，是闽江的发源地，也是我国天然的自然氧吧。

游江郎山

几度沧桑一线天，回风灵石弈仙棋。

烟霞雨露毛峰[1]醉，醉看江郎遗世熙。

【注】

[1] 毛峰指江郎毛峰茶叶。

游日月潭[1]

盈盈画舸泛秋潭，习习清风入碧涟。

日月同辉波弄玉，回眸帘满艳阳天。

【注】

[1] 日月潭位于我国台湾省南投县鱼池乡水社村,是台湾省最大的天然淡水湖。

游上清溪

丹霞碧水瀑泉喷，廿里遐荒笑语温。

啼鸟声声幽谷静，莫非此处洗凡心？

游天生桥 [1]

天生天养采芦桥，万缕帘丝百丈绦。

兰草幽香藏淡味，清溪苔蔓水妖娆。

【注】

[1] 天生桥位于神农架老君山下，是著名的生态旅游区。

游吐鲁番葡萄沟

雪山冰水育轻烟，珠玉晶莹架满帘。

峡谷秋沟甜似蜜，农家小院喜开颜。

游西溪湿地 [1]

风光九曲满船歌，惊起芦花白鹭河。

蛮草玉千 [2] 归雁水，飘香野趣调声多。

【注】

[1] 西溪湿地国家公园位于浙江省杭州市,是我国唯一的将城市湿地、农耕湿地、文化湿地汇聚于一体的国家湿地公园。

[2] 玉千为竹子的美称。

有感古道藏家 [1]

藏家古道走羊帮 [2]，江上溜空铁索 [3] 沧。
一段艰辛攀月路，犹闻昔日奶茶香。

【注】

[1] 古道藏家位于丽江束河古镇边。

[2] 因当时茶马古道路窄小，只能以羊帮代替马帮。

[3] 指过江用的溜索。

有感江南第一衙 [1]

须知官位未离尘，莫弃平常百姓心。
风浪旅途凭把舵，千年衙署可谆人。

【注】

[1] 江南第一衙指景德镇浮梁一座保存完好的五品级县级衙署。

有感无字碑

指点江山九五位 [1]，雄才治国胜须眉。
是非功过谁评说，万古流芳可阅碑。

【注】

[1] 九五位指我国古代的皇帝之位，所谓九五之尊，便由此而来。

有感元宵节微信祝福

戊戌汤圆特别多，三三五五汇成河。

人间自有真情在，微信牵心酒亦歌。

又是重阳^[1]

霜寒时节薄云凉，遍地黄花独领香。

莫道天荒年又老，人间岁岁有重阳。

【注】

[1] 作于乙未重阳。

雨后娇花

春霖一夜露鲜闲，花海迷人梦境还。

若问樱花何处美，青山绿水太子湾^[1]。

【注】

[1] 太子湾公园位于杭州西湖，该地曾为南宋皇室庄文、景献两位太子的攒园（暂时停棺的地方，也称攒所），故而得名。

雨后杨梅山^[1]

谢红时短点红难，物极天鲜果不凡。

霁后山青梅带露，涧诗泉韵笑声潺。

【注】

[1] 六月下旬，雨过天晴，慈溪横河杨梅山果红叶绿，水潺莺啼，人头簇拥，欢声笑语，别是一番景色。

雨游下渚湖

湖风带雨隔璃窥，潇竹烟荷白鹭飞。

芦海迷宫藏野鸭，小舟一叶草鱼肥。

雨中游江南古长城 [1]

烟雨葱龙十里长，巍巍风骨烁灵江。
朝天门上箫声起，咏我中华志气扬。

【注】

[1] 此处指位于浙江省临海市的台州府城墙，又称江南长城，已有数
百年的历史。

雨阻青城山

乱云翻滚黑沉沉，只见山门不见人。
天泻暴珠难问道，回乡记得拜观音。

玉环有拾

岁首匆匆走玉环，农行盛事叠成山。
铁军奋起无穷力，巾帼旗开捷足先。

玉门关偶成

春风得意玉门关，新郭油城一锦帆。
羌笛才吹杨柳曲，客心已动塞边山。

元日[1]咏雪

天赐银丝柳色佳。青山换袄着蝉纱。

谁言寒冬输桃李，一夜开高玉蝶花。

【注】

　　[1] 旧称农历正月初一为元日。

玉茗堂[1]观戏

十番昆曲玉楼悠，插卉茶灯似水流。

美景良辰看不尽，牡丹载舞唱千秋。

【注】

　　[1] 玉茗堂位于浙江省遂昌县"汤显祖纪念馆"内。十番昆曲指遂昌民间古乐。茶灯指茶灯舞。该诗壬辰暮春作于遂昌县汤显祖纪念馆。

玉屏楼[1]观松

望海旸边天是岸，攀山至顶我成峰。

纵然万仞莲花秀，雾里还看好客松。

【注】

　　[1] 此处指位于安徽黄山玉屏峰上的玉屏楼，有"天上的琼楼玉宇"的美誉。

玉水寨寻趣[1]

书画东巴碧水渊，山花盛簇丽江源。

虹鳟独爱冰泉冷，鸡豆磨糕特点鲜。

【注】

[1] 丽江纳西族玉水寨位于玉龙雪山脚下，是丽江东巴文化和白沙细乐的发源地。虹鳟鱼、鸡豆糕是当地特产。

元宵节偶拾[1]

今年三五元宵节，前院灯花别样开。

雪映寒梅丹苑静，日间穿蝶踏春来。

【注】

[1] 农历正月十五日称上元节，这一天有赏花灯、吃汤圆的习俗。是年，元宵节风和日丽，居然有蝴蝶前来闹春，欣然命笔作诗。

月光曲

月光似水水如花，洒洒潇潇入万家。

谙得东山光一抹，清清白白走天涯。

月河[1]偶拾

几声雨点落秋波，文韵漪漪化作歌。

莫道禾城无静处，一年四季月当河。

【注】

[1] 月河位于浙江省嘉兴市，因"其水弯曲抱城如月"而得名，具有浓厚的水乡风情。

月亮湾[1]

峰峦叠嶂小沙滩，乱水迷曦雾晕环。

都说瑶池天作美，逸仙却恋月亮湾。

【注】

[1] 新疆喀纳斯月亮湾位于卧龙湾上游，有"神仙脚印"的美称。

月山廊桥[1]

重檐飞翘凤龙波，银夕金蟾落翠河。

水抱山环沉半月，钩溪泉漱五桥[2]歌。

【注】

[1] 月山村位于庆元县，村子前面溪水围绕，后面高山环抱，整个村庄犹如被山水环抱的一轮圆月，故得名。

[2] 五桥指如龙桥等五座古廊桥，其中如龙桥是月山村的风水桥，也是我国现存最古老的的廊桥，其形状犹如巨龙，故此得名。

月下独步

霞云收尽溢寒流，青竹依然曲径幽。

朝夕家山何处是，抬头明月一轮愁。

月下冷剪情[1]

月上东山泥舍静，灯油尽衲小儿襟。

霜风透骨先尝指，冷剪三声怕梦寻。

【注】

[1] 以此诗追忆亡母。

云　顶[1]

云楼欲顶雾重重，灯火山城若幻宫。
难借源头千里目，只缘身倚百丈松。

【注】

[1] 云顶位于开化县城。

云冈石窟[1]

自从北魏洞门开，万座千尊从此排。
富丽堂皇若宝殿，栩栩如生坐云台。

【注】

[1] 云冈石窟位于山西省大同市，与敦煌莫高窟、洛阳龙门石窟和麦积山石窟合称为"中国四大石窟艺术宝库"。

载酒亭感怀

初到嘉州首慕亭，大江东去岸风清。
一山仙气云天碧，月白诗情载酒生。

再读《石灰吟》

清白诗碑耸九重，霜风煎骨日昭荣。
西湖水见三千尺，映出灰花火里红。

再读无字碑[1]

叱咤风云一抹晖，长歌九鼎立身巍。
梁山虽说碑无字，却胜庸雍有字辈。

【注】

[1] 2012年6月12日再登乾陵司马道有感而作。

再访李清照纪念堂[1]

才女如花花似梦，轻香暗淡瑾瑜柔。
冰清玉洁凌霜傲，自是花中第一流。

【注】

　　[1] 李清照纪念堂位于山东省济南市趵突泉公园，面积达四千余平方米，具有浓厚的宋代建筑特色。

再访沙铺砻[1]

寒风凛冽寒霜重，心挂沙铺水电砻，
腊月翻山情况摸，晚归已见月流空。

【注】

[1] 此处指浙江省云和县沙铺砻水电站。

赞《翰墨晚霞》书画集

墨海无边苦作舟，丹青寓理乐生悠。
青山作纸松当笔，装点人间化境楼。

赞责任田[1]

精心耕好田三块，幸福随家岁月添。
不管风云多变幻，小桥流水美人间。

【注】

[1] 男人一生要耕好三块责任田：干好事业，携领好爱人把家经营成一个温馨的港湾，教育和培养好自己的孩子。

早春过苏堤

丝丝垂柳雨潇潇，啼鸟声声弄六桥。
我唤东君千鼎力，桃红十里借今宵。

早起云栖观竹[1]

竹径幽幽乱雾轻，一池碧水万竿生。
雨搀凤尾消愁去，只仗身临洗愁亭。

【注】

[1] 云栖竹径位于西湖之西南，五云山云栖坞里，该地以"绿、清、凉、静"的竹景广为人知。

赠刘宇回沈任职[1]

气宇钱塘初剑利，奋鞭策马让人先。
三千里路风含雪，一片丹心在奉天。

【注】

[1] 2013年，董事会办公室刘宇回沈阳筹建浙商银行沈阳分行，赋诗相送。

摘杨梅[1]

昨夜青溪隔树泷，枝头露果惹人宠。

杏黄飘处农家乐，夏至杨梅一路红，

【注】

[1] 夏至时节，浙江余姚、慈溪等地杨梅红熟，故有"夏至杨梅满山红"之说，届时，亲朋团聚，尝梅品酒，热闹胜似春节。

长兴梅花[1]

千年寒艳万丛香，雪海红洋两远扬。

天就一坛梅院酒，浇开待绽百花墙。

【注】

[1] 浙江省长兴县是我国重要的梅花基地，种植梅花十万余株。每年二月末左右，长兴县便会举办梅花节，可看到万亩梅花竞相开放。

长屿硐天[1]观感

龙蛇烟屿壮人间，鬼斧神工岁月淹。

无力东风花自落，挖山不止可回天。

【注】

[1] 长屿硐天位于浙江省台州湾南隅温岭市东北，有一千余个硐体，曾获吉尼斯世界纪录。

长崎岛[1]

烟岛连天浪泼堤，架桥通道换新颜。

海洋学府潮头立，好日看沉定海西。

【注】

[1] 长崎岛位于定海城区东南，现岛上建有浙江海洋大学。

昭君村[1] 感怀

兴山春雨育芳妍，北雁归飞却断年。

眼下分明贤媛石，犹听塞外四弦鲜。

【注】

[1] 昭君村位于湖北省兴山县，是古代四大美女之一王昭君的故里。

浙大农经系九十周年庆典[1]

风雨兼程九十年，励精治学誉人间。

芬芳四海飞鸿志，相聚真湖遂梦篇。

【注】

[1] 2017 年 4 月 29 日于浙江大学紫金港校区启真湖畔。

中官路见闻[1]

"三链"融合显朝阳，科技潮头破浪樯。

启迪未来中官路，创新创业智能强。

中国茶叶研究所[1]

青山叠翠茗香醇，名秀三千梦早春。

一叶绿舟情似酒，五洲四海请茶人。

【注】

[1] 中国农业科学院茶叶研究所位于浙江省杭州市，是国内唯一一个茶叶研究科研机构，所内有茶树两千多株，还曾编辑出版《中国茶叶》等专业期刊。

中国诗词大会第三季总决赛观感

天上人间四月春，诗花词草月牵人。

斗知斗识千帆过，外卖骁哥[1] 夺冠军。

【注】

[1] 骁哥指杭州外卖小哥雷海为。

中国香菇博物馆有感

珍食之冠炫馆中，追源问蕈赞吴公。

味回当记刀花法[1]，菇赋[2] 心酿庆市红。

【注】

[1] 刀花法由吴三公发明，指的是科学培育香菇的方式。

[2] 菇赋是指馆中的《香菇赋》。

中科院热带植物园 [1] 即写

雨林繁茂绿烟蓑，花海奇枝会唱歌。

鹤立鸡群天晓树，芭蕉园里笑成河。

【注】

[1] 中科院热带植物园位于西双版纳，园中有上万种珍稀植物。

中秋月缘

月到中秋年运半，春江扁叶渡人圆。

清风自古闲传意，送给人间尽是缘。

中秋之夜天宫二号发射成功

扶摇直上入穹空，追梦天宫烁眼红。

八月中秋圆月夜，嫦娥迎客举金觥。

忠魂祭——参观息烽集中营历史纪念馆 [1]

黑狱群雄骨气铮，虎狼凶恶血腥烽。

孝忠仁爱斋斋 [2] 假，唯有英魂主义正。

【注】

[1] 息烽集中营位于贵州省息烽县，是抗战时期关押共产党人和爱国人士的秘密监狱，与重庆白公馆、渣滓洞集中营、江西上饶集中营合称为四大集中营。

[2] 息烽集中营中的 8 个监牢号称"斋"。

重步海棠湾[1]

夏日凉风过银滩，三十三年梦似谙。

放眼椰林花竞发，蓝天还吻海棠湾。

【注】

[1] 海棠湾位于海南省三亚市，汇聚汉、苗等多个民族。风景优美，三十三年前，吾曾路过此地，当时情景记忆犹新。

重访西宁[1]

二十三秋古邑翩，高楼林笔画蓝天。

缀花绿荫丝绸路，捧出西都夏玉蟾。

【注】

[1] 二十三年前，我因参加中国农业银行总行召开的行长会议首次造访西宁。时隔二十三秋故地重游，古城面貌一新，不禁感慨万千。西宁市被称为中国夏都。

重阳路上[1]

数步河边草木凉，却有黄花话重阳。

情天教你登高远，往事无须细细量。

【注】

[1] 丙申重阳于杭州中河。

舟山群岛新区[1]寄怀

国计深谋笔力遒，舟山昂首写春秋。

振兴产业呼新港，琪树瑶池海上洲。

【注】

[1] 舟山群岛新区是我国重要的海洋经济战略部署地之一，该战略也使得舟山群岛成为我国首个以海洋经济为主题的国家新区。

周日即兴

风吹柳曲醉云松，露沁花香入九穹。

穹九入香花沁露，松云醉曲柳吹风。

走开化[1]

金秋十月探钱江，廖阔天空碧水扬。

留得青山城换貌，踏歌两岸桂花香。

【注】

[1] 此处指钱塘江源头开化县。

走马塘[1]

荷花[2]池畔马头墙[3]，七十多铭士墨香。

耕读可闻重九木[4]，遗风能传岁河长。

【注】

[1] 走马塘位于宁波市鄞南平原，拥有上千年的历史，曾出过76位

进士，因此也被称作"中国进士第一村"。

[2] 荷花为该村族花。

[3] 马头墙又叫封火墙，为防火而建。马头墙两叠、三叠、四叠的较多，最多五叠，俗称"五岳朝天"。

[4] 重九木即重阳树，是一株由该村陈氏祖先取名的千年古树。

醉　溪

清溪流处沁诗情，月弄花舟一叶轻。

轻叶一舟花弄月，情诗沁处流溪清。

昨　非

云楼一梦一楼云，君系怀情怀系君。

梦弄年天年弄梦，沉西日复日西沉。

做客傣族园 [1]

多姿多彩傣乡花，孔雀翩翩乐断崖。

静静竹楼鞭水急，轻歌曼舞胜诗华。

【注】

[1] 西双版纳傣族园园内天天有泼水节和傣族歌舞表演。

七律

初阳夕拾　诗词一千首

搬新大楼有作 [1]

高楼千丈半空台，汗水流香笑口开。

旧所依然云雨恋，新园更仗百花栽。

莫尘汉白中厅玉，休染兰梅桌上衰。

春色秋光人会赏，西湖十景满窗来。

【注】

[1] 1998年5月18日，经过数年努力，特别是搞基建全体干部职工的辛勤劳动，省分行机关由解放路153号搬入长庆街55号新大楼办公，甜酸苦辣，感慨万千，特赋诗一首留作纪念。

北京开会 [1]

银行工作会知期，我去京城坐上机。

报告聆听心作笔，宝经贯耳纸当犁。

泰山之石天操玉，楼阁千重地打基。

有幸参观中南海，如强身上挡风披。

【注】

[1] 1981年夏秋之际，在北京白广路解放军总参招待所中国农业银行总行所在地，参加全国农业银行存款工作会议，并在会上代表镇海县支行介绍了办好农村信用站的经验。

步月南太湖 [1]

半月烟堤岸似霜，柳丝随步拂星光。

远山荫荫千枝静，近水依依万座忙。

夜色朦朦听晚唱，碧波漾漾挂连檣。

借来湖笔轻轻抹，山下仁皇[2]好地方。

【注】

[1]南太湖主要在浙江省湖州市。2005年，我在浙江省政协工作时，几次和同事一起到南太湖调研，提出了关于开发利用和保护管理南太湖的许多建议，被省领导采纳。几年后，迈步南太湖感到十分欣喜。

[2]仁皇山位于湖州市，由于政府的支持，现今仁皇山已经成为湖州市文化教育中心。

蔡文姬纪念馆[1] 书怀

六岁听琴隔壁清，四弦分韵漫天惊。

笳寒一曲高山水，辞达三千炎夏情。

坎坷人生怨战乱，长风悲咏载盛平。

当提孟德[2]崇才切，晓给人间不谢名。

【注】

[1]蔡文姬纪念馆座落在西安市。

[2]曹操，字孟德。

晨步青山湖[1]

人生学步百年程，酸苦甜辛压乱峰。

梦中依稀花解语。醒来忽见路逢英。

青山入水粼波舞，扁叶依湖漾雾蒙。

蝉细莺啼三二谷，半天茅屋九千风。

【注】

[1]临安青山湖国家森林公园中拥有数百种野生动物，景色优美。余信步湖畔，踏歌吟诗，心旷神怡。

乘高铁地铁回老家[1]

芸薹花[2]送满车香，轮铁陪吾走故乡。

昔日行程愁日短，如今千里不知长。

两边桃柳邀三月，一条游龙竞四方。

不老门墙新笛起，春归燕子唧沧桑。

【注】

[1] 2016年3月19日，宁波到北仑的地铁全线通车，我从杭州家门口坐地铁出发，再换乘去宁波高铁、去北仑地铁轻松回家，交通巨变，让人活得更自在。

[2] 芸薹是油菜花的别称。

春日寄怀[1]

玉兔争光除旧岁，故人叙话又增年。

言谈偏爱当初事，举酒先勾未及天。

二十暑寒烟步去，九千澎湃彩云间。

梅枝超借时芳众，春助英花锦上添。

【注】

[1] 辛卯年正月初三，在甬与同事共贺挚友新任宁波农行行长。

悼念张书女士[1]

杨柳含青景欲新，恍然噩耗出京门。

昌平待酒音容在，绿岛评茶笑貌存。

终把清风留世上，常邀明月照江心。

天公多少难为事，何必匆匆折好人！

【注】

[1] 笔于 2018 年 1 月 20 日。

登佛顶山 [1]

雾烟缭绕一峰高，佛国云天竞妩娆。

鹅树 [2] 一枝云石路，白华三殿碧穹瑶。

九重宝刹辉光映，七彩琉璃绿荫摇。

有信登山经索道 [3]，明眸收尽万里涛。

【注】

[1] 佛顶山是普陀山最高峰，因时有云雾缭绕，被称为"华顶云涛"。

[2] 此处指鹅耳枥，是我国特有的珍稀树种，是"普陀三宝"之一。

[3] 佛顶山索道全长两千多米，由舟山市农业银行贷款两千多万支持兴建。

读感花岩苏轼诗 [1]

桃遇春风蕊自开，君邀红杏却难来。

花开花谢寻常事，年去年来树老呆。

难得痴心崔护在，奈何先脚柳郎待。

花开春艳轻弹指，机失良辰作古哀。

【注】

[1] 此处指杭州吴山感花岩上苏轼所题的《赏牡丹诗》。

读赠诗感怀 [1]

十首赠诗尽烛倾，深情一片百花生。

飞来非典匆匆孽，考出世间暖暖情。

春雨润田穿冻土，金石悟言释寒冰。

成城众志魔病灭，今日西湖别样清。

【注】

[1] 此诗为抗"非典"时期有感而作。

访英台故里[1]

闺阁须眉百尺柯，夜操琴瑟日磨荷。

草桥结拜心相伴，亭榭离分坠托娥。

三载同舟情似海，一朝陌路泪成河。

人间有爱丝弦美，玉水长流舞蝶歌。

【注】

[1] 英台故里位于浙江省上虞市，传说是祝英台的故乡，其爱情故事千古流传。

峰会开幕式拾音[1]

日月同辉炫进程，创新驱动入通经。

天蓝地绿清清水，民富人和侥侥声。

扩大开放谋发展，包容合力求共赢。

胸怀世界公平话，行胜于言事必成。

【注】

[1] 2016 年 9 月 3 日 15 时，二十国集团工商峰会在杭州国际会议中心开幕，中华人民共和国国家主席习近平发表主旨演讲。

赋得月亭 [1]

枫林漠漠月潇潇，古道长亭马踵骄。

片片霜红妆地陌，滴滴露碧画天桥。

春风得意云和捷，秋雨垂霖雅志高。

今日处州多少路？时辰半个一炊遥。

【注】

[1] 得月亭位于浙江省云和县，已有上百年的历史。

赋壶口瀑布 [1]

巨壶飞瀑九重烟。挟持高山洞水煎，

谷应山鸣风鼓急，龙飞马骤号声旋。

河关百丈奔涛涌，门锁千秋锦缎翩。

窥尽人间多少瀑，壮观此景梦魂牵。

【注】

[1] 壶口瀑布位于山西和陕西交界之地，是中国著名的瀑布，象征着中华民族奋勇向前的精神。

赋日月山 [1]

贞观长歌汉藏亲，五难婚使韵风深。

眼前青海菁菁草。心眺长安绿绿茵，

风唤娇娥天地语，镜开岭岫雪山魂。

炫光泪洒丝绸路，倒淌 [2] 河情日月吟。

[1] 日月山其名取自文成公主入藏典故。旧传文成公主入藏时经过此处，东望长安，宝镜坠地，分为金日、银月两半，故此得名。

[2] 倒淌指山南脚下由东向西流的倒淌河。

感恩生活

旧说人生七十稀，今谈百岁会纵期。
垂恩昨日深深揖，善待今天淡淡祈。
知足当铭流去岁，明途莫怨晚来曦。
含饴弄膝培花事，与世包容笑风仪。

故人念

孝闻[1]一聚梦河塘，四十余年参与商。
昔日风华匆逝水，今朝鬓发已成霜。
人生少壮时光短，青山斜阳故境长。
春雨浇窗情似酒，开轩剪旧溢三觞。

【注】

[1] 孝闻指宁波市孝闻街，原中间为河道，20世纪90年代末填河成街。

杭州7路公交车九十华诞偶感[1]

风雨兼程九十秋，相携民草渡同舟。
乾坤日月年年转，西子人情代代流。
路敬七旬霞晚笑[2]，道谦三丈晓晨羞。
公交歌就公平路，老少无欺孺子牛。

【注】

[1] 壬辰荷月，我携孙并家人乘杭州 7 路公交车到西湖观赏荷花，偶见车内上方有"相随同行九十载，携手共谱世代情"条幅，想起我曾百余次乘坐 7 路公交车的风雨历程，触景生情，有感而赋。

[2] 杭州市实施 70 岁以上老人可以免费乘坐公交车的制度。

湖　上

桃红时节柳如烟，独步帘青入旧轩。
巧遇龙井今日市，相邀岁月一壶淹。
清风有约安然在，往事无须转首看。
难得湖畔清静处，诗情寄出八行笺。

华清池所拾

羽姹霓裳舞媚娑[1]，李杨情爱韵闻多。
风潇尘雾心魂锁，死别生离马嵬坡。
美酒一壶倾世醉，传奇千古恨长歌。
若还李白诗兴在，请会蓬莱把墨磨。

【注】

[1] 此处形容的是唐朝杨贵妃。杨贵妃即杨玉环，为古代四大美女之一。其与李隆基的爱情故事被后世广为传颂。

婚礼感怀

天府天堂天作合，锦官厅里满春台。
长江无意东流去，浩月牵情梦自来。
风恋韩公经典话，酒倾亲友喜笺裁。

此番涉蜀西行路,芙蓉万朵入怀开。

记得当年清水塘[1]

学唱名吟水曲塘,欲开嗓路泪先尝。
生离句句牵肠话,死别声声日月光。
洒血只当清梦影,赠言可作晓天窗。
海枯石烂忠魂在,留给人间百草芳。

【注】

[1]"记得当年清水塘"是越剧《忠魂曲》的名段。

纪念诗人节[1]

诗人节里忆诗人,爱国衷肠草木春。
创立楚辞开韵史,咏歌香草铸诗魂。
修明法度洪荒力,举荐贤能九万钧。
桔颂婵娟纱气宇,长箫天问烁星辰。

【注】

[1]每年农历五月初五是传统的中国诗人节。诗人节于1938年设立,致力于强化诗歌语言、形式等问题,推进诗歌普及化。

纪念辛亥革命一百周年

古邑枪声一百年,推翻帝制拨云烟。
江山代代前人笔。青史篇篇后者弦,
博爱留心民自在,为公昭告子孙贤。
喜看今日龙狮舞,装满笙歌筑梦船。

纪念中国共产党成立九十周年 [1]

九秩春秋万代功，乘风破浪自从容。

山河收拾云霾散，华夏腾飞日月隆。

邮票一张倾肺腑，人生百感表心衷。

余年留住寸丝热，看好辉煌贯日红。

【注】

[1] 2011 年 7 月 1 日，在庆祝中国共产党成立九十周年之际，我有幸被有关部门推举为曾为党和国家现代化建设做出突出贡献和不懈努力的人物并发行了"永远跟党走"个性化邮票，内心十分感动。

寄远民营经济 [1]

改革春风沐万家，民营经济现韶华。

银行助力风帆足，企业融资实力加。

一视同仁凭效益，三规一样绣琼花。

亿元授信书新史，海外声扬尽彩霞。

【注】

[1] 1999 年 6 月 25 日，中国农业银行浙江省分行与省工商局、省私营企业协会、省个体劳动者协会在省农行隆重举行支持我省个体私营经济合作协议签字仪式。农行提出打破"唯成份论"，力挺民营经济，在国内外引起较大反响。

建党八十年南湖纪事 [1]

红船航启转坤乾，古国逢春竞态妍。

净手捧呈湖里水，挺胸再背誓言篇。

排忧除患传薪火，继往开来铸铁肩。

立党为民天下乐，烟楼霁后艳阳天。

【注】

[1] 2001 年 5 月 22 日，农行浙江省分行机关党员到嘉兴南湖革命历史纪念馆敬交特殊党费并举行新党员入党宣誓仪式，回顾中国共产党建党八十年光辉历程，心潮澎湃，有感而赋。

镜泊湖[1] 风光

瑶池碧镜白云翻，飞瀑如雷震月湾。

游客潮潮湖色秀，轻舟窈窈桨声欢。

露花小草霞光韵，晨鸟游鱼细曲联。

连日奔波天夜短，晴窗醒梦尽春烟。

【注】

[1] 镜泊湖位于黑龙江省牡丹江市，是现今我国最大的高山堰塞湖。

开封[1] 印象

风光秀丽映龙湖，眼底春秋尽古都。

云接天波忠府第，山拔杨柳勇夫书。

警言醒世人生路，断案祠威正气铁。

旧日京华牵梦景，今朝又写上河图。

【注】

[1] 开封位于河南省，拥有近三千年的历史，是著名的八朝古都。《清明上河图》即是以此地为蓝本所绘制。

抗洪灾 [1]

覆地阴云半夜来，瞬间洪水上楼台。

稻淹田顷沧浪急，房毁家移哽咽哀。

心系人民擎款册，甘抛生死战洪灾。

残垣半壁风雷起，擂鼓铿锵壮士怀。

【注】

[1] 1988 年 7 月 30 日深夜，一场特大洪灾惊天动地席卷浙江省宁海县，损失惨重。次日上午，余带领宁波市分行机关干部奔赴宁海抗灾，耳闻目睹了当地农业银行、信用社全体干部职工奋起抗灾，书写了许许多多可歌可泣的英雄事迹。

考察小记 [1]

四百钟时老气粗，行程万里晚凉初。

历经要塞名城堡，拜会华人锦笔书。

细察商情思路砚，宣传业务品牌沽。

互通信息交朋友，画出风光八国图。

【注】

[1] 2002 年秋考察欧洲营销业务，途经八国纪事。

离别瓦窑村 [1]

风雨三同三月整，露花泥舍系离情。

夜来灯下村情问，早起霜田稻草绳。

挥锄开荒栽果树，杠肩担石改弯泾。

心中多少牵肠事，幸有清风好寄声。

【注】

[1] 1991 年 9 月至 11 月，我带领省水利厅、省乡镇企业局和省农行 19 名干部组成的省委工作组驻云和县，住小徐乡瓦窑村村民家，同吃同住同劳动，结下深厚情谊，年底回杭，临行感慨万千，特赋诗一首。

漓江[1] 游

奇峰倒影画如风，船走山巅梦幻中。
日照青罗江火艳，鱼摇凤尾碧泉葱。
轻舟泛蝶渔歌跃，浪石交融古韵憧。
冠壁洞幽清润出，回头百里请神榕。

【注】

[1] 漓江是"桂林山水甲天下"的精华之处。

立春晨拾

飞雪迎春洗早尘，梅梢信息一湖新。
桃花柳叶何时剪？草色荷茎似有音。
胸纳百川天地奋，年分四季二三春。
长歌一曲风和月，我把晨光送与君。

丽江古城[1]

瓦房栉比万家窗，石路青骢走四方。
九碧玉龙倾美酒，三千桥辇奏云章。
纳西古乐[2] 音馨晚，唐宋遗筌曲弄墙。
余韵穷舟江水月，碧琼大砚[3] 主人忙。

[1] 丽江古城位于云南省，是现今著名的历史文化名城。

[2] 纳西古乐起源于宋乐，现今所听到的纳西古乐更多的是宋乐中洞经音乐的部分。

[3] 碧琼大砚指大研镇。

丽园之夜

夕辉如画泻东墙，梨树桠斜美酒香。
餐桌四方邀远客，爆竿一点上全羊。
轻歌曼舞廊花静，笑语欢声院草踉。
今夜丽园疑似梦，半酣半醒入仙乡。

练溪[1] 夕拾

芦苇扬雪白鱼肥，七十三峰激浪飞。
孤石入云天日皓，芙蓉关谷铁门崔。
龙耕赤壁晨炊玉，词刻摩崖晚隐碑。
多少清流多少事，独峰书院碧涧堆。

【注】

[1] 练溪位于浙江省缙云县，其岸边便是著名的仙都风景区，有多处历史古迹和山峰。

鲁迅逝世八十周年祭[1]

传世文章百代芳，声声呐喊不彷徨。
草园运笔惊天地，三味书香入舫窗。
片片直言牵血史，铮铮铁骨立潮江。

横眉冷对钢匕利，俯首为牛感上苍。

【注】

[1] 丙申阳月于绍兴鲁迅纪念馆。

兔年吟兔 [1]

花容月貌步功轻，天质聪明肺腑诚。

不食荤腥光吃草，唯求平淡独防鹰。

一生忌问公家事，万慰犹知屋里清。

献己甘为蝉袖舞，看穿尘世两眸晶。

【注】

[1] 写于 2011 年农历辛卯年，以此诗赠给我的夫人和世间所有善良的人。

母亲节寄怀

失怙童年世不仁，持家教子靠娘身。

砍柴糊口街头卖，耕地维炊星斗寻。

半镶地瓜三顿饭，一根油果两人分。

油灯熬尽儿孙福，九昊亲情万丈恩。

南湖红船咏怀 [1]

风雨南湖雾水茫，舟灯隐隐叹沧桑。

酉年忧唱憔天下，荷月英豪誓画舱。

斧劈沉疴雷迅激，镰除痼疾赤旗张。

东方日出阴霾散，辉洒红船国运昌。

【注】

[1] 此处指浙江嘉兴南湖红船，中共一大在此地召开，宣告中国共产党的正式成立。

南浔小莲庄[1]

路山回转劲松苍，叠石枫林缀漫光。
小榭短栏迎客捷，芭蕉长叶接莲忙。
百年藤紫参天卷，九尺箫竿守地塘。
诗窟凝香遗墨滴，仙轩藏瑞梓澜沧。

【注】

[1] 小莲庄位于浙江湖州市，其名取自赵孟頫所建莲花庄之意。

宁波老江桥[1]

江风淡淡眺天高，出水长虹沐涌潮。
日载流霞车步急，夜牵露月楫声摇。
风霜古渡长长梦，雨雪春秋短短箫。
历历弹痕磨不去，英姿依旧甬城娇。

【注】

[1] 宁波老江桥指宁波灵桥，始建于唐，历经多次战乱，现已成为宁波的标志性建筑之一。

七十感言

韶光催步脚跟轻，七十登峰又一程。
山路弯弯观景好，月霜冷冷立身正。
闲亭可览今朝事，茅舍能通古韵情。

若赏康年天假我，书斋拾句谱清风。

乔迁新居自贺

七秩之年发似霜，登楼入室步难当。
囊中羞涩无钱力，夜里空思少月光。
幸得近郊三里运，置来地气百方房。
举家共乐泥香趣，莺语烟枝养息庄。

秋霖神农坛[1]

秋雷催雨祭神坛，霖沐珙桐[2]果翅弯。
始祖凝眸千丈坐，杉王[3]伸臂百台攀。
流金叠翠天山画，采药扒崖地架禅。
烟雾萦缭清淡味，群峦蓦见霁光岚。

【注】

　　[1] 神农坛是神农架祭祖之地。

　　[2] 珙桐是神农架一种稀有树种，被誉为植物界的"活化石"。

　　[3] 神农坛的杉树王有千年树龄。

秋日登观沧楼[1]

晨曦喷薄海光流，极目东溟百舸游。
眼底分明车水织，脑间却见稻香稠。
沧桑易改情难老，往事如烟志未休。
借得家山风一抹，传言新港万年秋。

【注】

　　[1] 观沧楼位于宁波市，是观东海日出最佳之地。三十年沧桑巨变，

但家乡昔日治理岩河，经风熬霜；河两岸万顷良地，稻花飘香，仍历历在目。如今高楼林立，车水马龙，深水良港，巨轮穿梭，一派兴旺景象。

壬辰春节自寄^[1]

金龙腾舞万丛新，小院寒梅报玉音。

奖信敲门杯载世。龙笺进舍墨寄孙。

近看翠竹千枝绿，远望群峦百感襟。

终把清茶当美酒，砚磨笔奋白头吟。

【注】

[1] 2012年1月8日，我被我国有关部门授予"腾飞中国——2011最具影响力年度人物"荣誉称号。由于事务缠身未去北京钓鱼台领奖，春节收到由北京从邮局寄来的荣誉证书、奖杯、奖章等奖品，有感而赋。

上海世博会感吟^[1]

浦江两岸涨灯红，风云竞技亮家功。

五洲奇物呈今古，四海风情展北东。

方寸可窥欧美景，咫池能察亚非容。

中华馆内人潮溢，改革开放味不穷。

【注】

[1] 此处指上海第41届世界博览会。我参观后兴奋不已，赋诗留作记忆。

深秋妙高台^[1]

峭壁凌空驭雾帆，凭栏目尽海中山。

送秋红叶翩翩舞，迎客苍松逸逸闲。

岗顶亭辉千面景，台楼湖色九重岚。

清风过处何时醉，莫负霜天半翠烟。

【注】

[1] 溪口妙高台位于浙江省奉化市，其东西南三面均是峭壁，四周云雾弥漫，置身其中，宛如仙境。

神女峰[1] 秋拾

一坝裁流险峡嵘，平湖抬起十来峰。

渔歌恋恋千帆俏，日照依依万点红。

神女淡妆催玉叶，寒风梳雨促瑶宫。

荒唐云雨何时有，尽在诗魂爱梦中。

【注】

[1] 神女峰位于巫山县，是著名的巫山十二峰之一。因一根巨石仡立于云霞之中、宛若少女亭亭玉立而得名。此地还有"巫山神女"的神话故事。

诗画文成[1]

百瀑垂帘冠四海，红枫古道万般秋。

秀峰耸峙深幽谷，壶穴神观画景尤。

情结嫣然龙戏水，碧波潋滟日依舟。

几多故事含浓墨，一代人豪画卷流。

【注】

[1] 文成县位于浙江省，其名取自明代刘基谥号"文成"。县内有国内最高的瀑布百丈漈、壶穴碧潭等景点。附熊倩女士和诗《赠蒋行长》：诗人才气冠神州，叱咤风云几度秋。引领大行谋发展，功成身退泛轻舟。长歌会当高山远，吟草犹知深谷幽。我欲因之问吴越，古今谁与竞风流。

石　塘

石墙石屋石堤塘，碧海观潮月似霜。

千乘渔船穿梭急，万家灯火隔窗忙。

曙光初照新湾早，夕影才离沁梦长。

遥见巴黎圣母院，不知何日落东方？

述　怀 [1]

春去秋来十五年，初阳夕拾调心弦。

听风沐雨观潮信，论策疏言数晚笺。

银海茫茫情不老，融田皎皎岁耕颜。

此情此景堪追忆，三寸衷肠感九天。

【注】

[1] 此诗是回忆我退休后的十五年生涯。

孙子上大学

守望中河十九春，夜磨星月日催晨。

五星拼字园门乐，时代吟诗校外听。

梦系建兰幽院路，魂牵师大附中津。

菇辛不负青云志，广袤鲲鹏展我孙。

台风日参观中国水利博物馆 [1]

钱江怒潋突天掀，雄塔吞云百丈烟。

一本河渠翻水利，九州禹贡[2]著巨篇。

千年河路三江[3]曲，万里堤塘百姓殚。

上齿轮磨兜水碓[4]，废兴海纳米粮川。

【注】

[1] 2012年8月2日，省政府咨询委组织参观中国水利博物馆，时值"苏拉"台风外围影响。中国水利博物馆位于杭州市萧山区，采用了"塔馆合一"的建筑创意。

[2] 九州禹贡指大禹治水。

[3] 三江泛指海河、黄河、淮河、长江、钱塘江和运河。

[4] "上齿轮磨兜水碓"泛指古代木制水车、水磨、水碓等。

桃花岛[1]揽胜

醉翁千载施神功，泼墨桃花万点红。

东海吐珠飞海绝，长虹贯日绕洲隆。

安峰万仞清茶酒，滩石千沙抹爽风。

借得金公天赋笔，群星炫炫岛山逢。

【注】

[1] 桃花岛位于浙江省舟山群岛，桃花岛又叫白云山，是金庸先生所著《射雕英雄传》中所描绘的美丽小岛。

天封塔[1]

天册夯基拔地升，堆沙成塔五洲名。

浮屠七级云天破，标志三江港邑明。

灯映万间观北斗，日昭千艘瞰东溟。

因由宝塔珠光闪，檐下波平浪亦宁。

【注】

[1] 天封塔位于浙江省宁波市，建于唐朝年间，因修建始末年号为

"天""封"而得名。

天台行

夏日云鹃别样情，既无风雨亦无晴。
千年古刹隋梅隐，百丈垂帘水石鸣。
寒去暑来天物演，月升斗转夜珠明。
玉壶更把冰心掬，老朽胸房印赤城。

潼关 [1] 怀旧

风陵晓渡走岚山，岩陡崖深峡路难。
汹浪羊肠啼鸟绝，河潼鞭索铁蹄还。
虎踞岭省车轮挤，龙扼坤州守吏闲。
天堑如今通热道，沧桑抚摸忆雄关。

【注】

[1] 潼关位于关中平原东部，现为中国十大名关之一，有"四镇咽喉"的称号。

玩雪偶得

殷殷捧起雪三斤，捏作顽童旧岁寻。
人说光阴催树老，我言日月请人新。
纵诗草野心如水，淡泊人生土胜金。
丝柳太轻随风摆，茫茫雪海足痕深。

威尼斯[1]水城

碧海生成绿岛魂，千年桩木地基深。

虹弧四百疏通道，楼塔三钟敲玉音。

流水小桥天上景，商街酒店隔墙邻。

欢声畅语贡都拉[2]，异国风光亦恋人。

【注】

[1] 威尼斯被誉为"水上城市"。威尼斯市内以水道为主，禁止汽车通行，是世界上唯一没有汽车的城市。

[2] 贡都拉指小木船。

文君街[1]有拾

堂前一曲凤求凰，作伐琴声助选郎。

卖酒不拘罗锦乱，当垆只恋爱心忙。

深情写就千年谱，白首吟成百世芳。

何苦王孙无理挠，私奔笑破隔音窗。

【注】

[1] 文君街位于四川省成都市，是以古代才女卓文君命名的街道。

夏日登天山[1]

冰川造势树烟寒，山映斜阳抹黛澜。

瀚海阑干千丈画，雪峰骏马九重天。

凉风有意凭空洒，杉木无忧挽月看。

天与山家长作伴，瑶池捧出雪中莲。

夏宿商量岗[1]

盛夏访山春不尽，凉风接客赏雷声。

夕阳沉海舟帆隐，玉兔升空夜色明。

竹木葱葱森爽朗，松涛滚滚叶蝉鸣。

雪场拥被清秋梦，又见儿时数繁星。

【注】

[1] 商量岗位于浙东四明山，是奉化第一高峰。即使是炎热的夏季，这里也温度适宜。

夏至述怀

莫干山下玉溪长，观海听风捧翠篁。

夜雨打窗三二急，朝鸣点树七重狂。

弯弯小道步步碧，静静山花朵朵香。

修性养心何处有，幽幽民宿小楼凉。

相聚普陀山

四十年来海岛逢，同窗共迎夕阳红。

如烟往事追怀远，似画山河寄志宏。

凭借清风观劲树，携情伴侣驻芳丛。

渡舟时短愁离别，唯有初心梦九重。

谢村姑早春惠茶

时去云城[1]二十年，每逢春到惠芽煎。

我从百事常缘适，天就醇茶久遇闲。

泉水一壶舟叶泛，清香几度玉盅残。

村头若有乡人问，片片银毫岁月言。

【注】

[1] 云城指浙江省云和县。1991 年我受派带省工作组人员去云和蹲点，三个月与当地农民同吃同住同劳动，结了深情厚谊。时隔二十多年，我还收到房东寄来的新茶，品茶之际，似乎回到了当时岁月。

辛卯感怀[1]

岁末梅芳丽水来，回收往事满心怀。

吕公点墨宏图展，银政同心旧貌埋。

护廓清波沉荫绿，馨人莲朵乘云白。

都言瓯岸春常在，可晓前番怎剪裁？

【注】

[1] 1998 年，时任丽水市政府领导亲自绘就丽水城市建设蓝图，省农业银行首笔授信 6 亿元支持。经过几年努力，莲城换了新颜。

辛卯香港行[1]

海天一色浅滩湾，美利楼邀话入怀。

大道星光信步走，港烟夜景闹宵还。

水帘乱眼千花缀，乐径随心万事闲。

攀顶云梯放眼远，深情凝结太平山。

【注】

[1] 辛卯秋日于118层的环球贸易中心。

宿灵峰饭店观夜景 [1]

暮色朦胧飞鸟尽，灵山脚下现新晴。

犀牛望月峰空等，夫妻依偎万种情。

游玩孩童偷着笑，热心婆母转羞听。

世间多少浪情事，合掌峰前看得明。

【注】

[1] 1983年夏，我开会住雁荡山紧倚灵峰的灵峰饭店（现改为管理用房），每晚看景，印象深刻，留下此诗。灵峰是雁荡三绝之一，其夜景宛如一对紧紧相拥的情侣。

宿绿野山庄 [1]

夜近蛙声深入梦，朝闻蝉唱步轻功。

险峰日照云岩烂，深谷珠倾玉翠重。

古木流泉千曲谱，绝崖画影百尺松。

群山叠嶂层林绿，此处悠悠无思中。

【注】

[1] 绿野山庄位于龙泉市龙泉山。

夜游秦淮河 [1]

秦淮灯火引兴长，倚水楼台卷幔张。

波碧粼粼迷眼烂，画舫竞竞漫花泱。

春江一曲穿窗透，古韵千年隔幄扬。

桃叶[2]舟横夫子庙，清风明月酒诗香。

【注】

[1] 秦淮河位于江苏省南京市，唐代诗人杜牧一首《泊秦淮》使其闻名于世。

[2] 桃叶指桃叶渡。

谒舜帝陵[1]

神柏连心冠世间，陵园肃穆敬圣贤。

五千伟业风和雨，万丈根基岁复年。

昭日德行华夏立，动天孝感九州传。

黄河不老遗风育，先庙情深岁月淹。

【注】

[1] 舜帝陵位于山西省运城市盐湖区，始建于大禹时期，被誉为"德之摇篮，文明之源"。

谒张桓侯庙[1]

依山临江绿荫中，雄眉英气蜀疆鸿。

层楼峭拔云无静，古刹庄严水有淙。

昔日凡言称义勇，今朝见画赞诗功。

仲秋廿八天缘日，一抹清风瑞气融。

【注】

[1] 张桓侯庙即张飞庙。相传农历八月廿八日是张飞的生辰。"清风"指的是张飞的神灵保佑附近过往的船只，送顺风15公里的传说。

一字千金^[1]

试抛联句探春风，一字惊破四海空。
信件如飞分外激，热情似酒别种浓。
弘扬国粹共斟酌，传接文澜竞献功。
犹喜儿孙三代爱，披星还忘用餐钟。

【注】

[1] 1999年2月，中国农业银行浙江省分行以"农行行行行行"为上联，并许"一字千金"承诺向社会公开征集下联。是年春节前后两个月，共收到海内外应征来稿6万多件次，堪称楹联史上空前盛况。

甬城感赋^[1]

相聚明州月数声，春秋二十话江程。
人生一梦随风去，共事三缘弄笛横。
带雨高潮千浪急，展图宏业百炉锋。
喜闻今日新吟咏，欣贺延年酒满盈。

【注】

[1] 宁波市地合并二十年新老行长聚会，深情感人，即兴赋诗。

咏龙门石窟^[1]

山夹伊河水上门，一锤定阙古阳瞰。
启龛造像千辛力，圆梦萦唐十万尊。
武氏君临天下笔，龙门神斧巧工人。
疏流排险牵通道，白傅诗魂石窟存。

【注】

[1] 龙门石窟位于河南省洛阳市，始凿于北魏，有佛像数十万尊，是我国四大石窟之一。

游冠豸山 [1]

天姿天趣东田浦，清静清凉石库湾。
奇石挺松横野渡。丹霞映水伴人寰，
听风潺涧流涓水，沐月云鱼乱碧潭。
千丈榔幽拥翠路，寿亭登上空谷蓝。

【注】

[1] 福建冠豸山位于连城，又称莲花山，因其主峰形似古代法官头戴的獬豸冠而得名。

游巫山小三峡 [1]

横空出世昊穹来，秀水奇山入月台。
九应吐珠狮子吼，四弦迷雾塞边怀。
翠流滴石穿神力，玉雕浮岩比匠才。
待到寒山红叶剪，美人妆晓绣衣裁。

【注】

[1] 时日，小三峡水位已高达 173.5 米，水清如蓝。小三峡包括龙门峡、巴雾峡、滴翠峡。

游下渚湖湿地 [1]

芦道清清十一弯，草花香岸舞罗衫。
一行白鹭才飞去，万节湘妃又展滩。

借得轻舟三尺座，偷来人世半时闲。

更迷竹瓦农家乐，茶豆倾盏醉玉阑。

【注】

[1] 渚湖国家湿地公园位于德清县，是著名的天然湿地之一。

有感沙畈水库[1]安全运行五千天

沙畈朝闻碧露鲜，碾追往事夜思翩。

蓦然洪水流空地，忽又干枯叫枉天。

定策改观风马唤，殚心竭胆雪薪添。

人间自有回天力，泉沁还民五百年。

【注】

[1] 沙畈水库位于浙江省金华江支流白沙溪上，自建成以来，已安全运行五千天，我曾与金华市、县农业银行领导参与该工程调研考察，省市县三级行挤出资金和信贷规模予以全力支持，回顾往事，倍感欣慰。

于谦祠[1]寄思

忠泉济济雨如酥，松柏崔巍铁骨舒。

勤政爱民心肺碧，刀光剑影业功殊。

先身士卒惊天事，后论公评不朽株。

灰石言诗千古诵，清风一抹重西湖。

【注】

[1] 于谦祠位于浙江省杭州西湖三台山麓，是为纪念明代于谦所建的祠堂。

雨中普陀山 [1]

杨柳青青紫竹新，云天莲座拜观音。
移身禅寺掀风雾，拾级海山沐晓霖。
人求苍生如意愿，雨除世上浊污尘。
抬头忽见云烟去，天日光昭善信人。

【注】

[1] 雨中游普陀山，忽阳光拨云，颇为壮观。

玉龙雪山 [1]

金沙江畔十三雄，映日长虹玉昊空。
情妹深牵东逝水，痴哥苦守白头松。
清泉出脊东巴涌，金石装胸栋宇功。
俯首甘为人世景，五洲敬仰雪山龙。

【注】

[1] 玉龙雪山主峰扇子陡最高处海拔 5596 米，以奇险秀美著称。

赠挚友赴任香港

雄才历古走天涯，欲借明珠献月华。
肩负重担芳步履，身待自己紫荆花。
春江水润舟开顺，风雨长磨岁径遐。
万卷青山何用墨，有情人处便安家。

浙江省慈善总会成立感怀 [1]

夜路行人路不亮，世间难免有灾殃。
众生伸出关怀手。万物辉流爱悌光。
倾注热情缘善事，弘扬正气聚能量。
扶贫济困千秋树，身固慈心百岁长。

【注】

[1] 1999 年 12 月 28 日浙江省慈善总会成立，省农行捐资作为创始
会员，余参加成立大会，并接受省领导赠匾。

重阳咏红叶 [1]

数说寒霜无道义，却还人世二春天。
可怜世上阴阳脸，不悯流光昼夜颠。
一路算机音有尽，万年红叶韵无边。
重阳借得清风颂，报与慈花不惜年。

【注】

[1] 丁亥重阳于吉林蛟河红叶谷。

重游漓江 [1]

南宁邀友桂林逢，百里清波话难穷。
两岸流烟莺乱树，一江碧影景共风。
黄花处处寒香发，翠竹依依秀气生。
斜曰书心真挚笔，明霞拌色富连峰。

[1] 漓江位于广西壮族自治区东部，全长 437 公里。在好友明富陪同下，甲午年阳月乘舟重游。

诸葛亮故居[1] 寄远

三分高策出隆中，天下无人不识公。

借得东风能化雨，赢来蜀汉可称雄。

昔时茅顾传佳话，今日崇贤炫碧丛。

扇若风开隆事结，入怀明月映茶盅。

【注】

[1] 诸葛亮故居位于湖北省襄阳市，著名的三顾茅庐史实便是发生于此。

竹乡[1] 观竹

百里烟波秀竹澜，纤株万竞露珠寒。

湘妃枕梦斑斑泪，日月高风节节攀。

碧玉镶金歌水早，霞丹紫管唱溪闲。

泱泱翠海翻云浪，款款心舟泊港湾。

【注】

[1] 此处指中国第一竹乡安吉，该地拥有竹林百万亩，种类繁多。《卧虎藏龙》曾在此拍摄。

追事歉内

风雪肩担早理家，岂图世上有荣华。

勿言分娩夫来见，却话灯油自可加。

几度搬家穷石路，历经苦活尽泥差。

无思无悔追明月，提早闲休煮饭茶。

追　思

四十春秋喜又逢，同窗共话夕阳红。

如烟往事追思远，似画山水记忆浓。

漫漫人生淹岁月，高高明月影萍踪。

相牵时短愁离别，唯有珍重梦里通。

古风

初阳夕拾　诗词一千首

百岛[1]新姿

连岛架起通天桥，耕海牧渔龙门跳。

海上菜园铭翠楼，深水网箱红鱼笑。

【注】

　　[1] 洞头位于浙江省温州市，该地由 103 个岛屿构成，因此也有"百岛县"的称号。

比萨斜塔[1]

名塔风云合，迎来五洲客。

塔斜岁月长，全藉强身肋。

【注】

　　[1] 比萨斜塔是意大利的标志性建筑。

菜根回味

不忘初阳岁，心平愿可遂。

知足好时光，常品菜根味。

参观李清照纪念馆

生时容海量，死别坦荡荡。

心平天地宽，志高山河壮。

乘乌篷船游绍兴古城河 [1]

风清岸秀古河道，枕水亭阁烟丝倒。
扁舟巧载飞翼楼，千家万户波光灏。

【注】

[1] 浙江省绍兴市拥有"东方威尼斯"的称号。飞翼楼位于府山顶，倒影直落城河。

春宿九华山

怪石奇峰九十九，九座莲花沐甘露。
春眠醒来推纱窗，八百寺院响钟鼓。

达坂城 [1] 采风

银叶日夜扇，清风送电炫。
二百白塔鸥，一道风景线。

【注】

[1] 达坂城位于新疆维吾尔自治区，是风力发电和研究试验基地。2005年，浙江省政协农业和农村工作委员会组织力量专程进行了考察，并提出了浙江省发展风力发电的建议。

答信息《健康指南》 [1]

一二三四好指南，轻轻松松不觉累。
抬头喜看夕阳红，迈步人生忘旧岁。

　　[1] 乙酉年秋日接到朋友《健康指南》短信，感之即兴回复。

答诗友

　　放眼江海，墨韵翩翩。
　　捉笔新梦，风光万千。
　　情是何物？可问诗笺。
　　人生歌短，夕阳春熙。

登八达岭长城

　　锋锁关山雾，气吞狼烟虎。
　　燕山立丰碑，青史中华鼓。

登恒岳[1]

　　横亘行走五百里，松风弄涛夕阳系。
　　北柱险览群山朝，名岳绝塞古来意。

【注】

　　[1] 此处指恒山。该地位于山西省大同市，有"人天北柱"的称号。

冬至夜

　　苍天白发赐，岁月催冬至。
　　忽有钟鼓声，月升东山寺。

232

洞桥观景

桥头景色璀，柳笑云天醉。
对影双双人，远眺千船水。

洞头岛[1]新景

连岛架起桥通天，耕海牧渔龙门跳。
海上菜园铭翠楼，深水网箱红鱼笑。

【注】

[1] 此处指浙江省洞头县，该地凭借渔、港、景、油等天然优势，促进了整个县的经济发展。

读《菜根谭》[1]

家贫只悉菜根鲜，口渴尤谙泉水味。
床头常读《菜根谭》，调伏身心最相慰。

【注】

[1]《菜根谭》作于万历年间，是道家隐士洪应明所编的一部关于人生探讨的著作。

读寒舍《一年春将去》所得

春来春去，戊年匆匆。
一诗一日，万象纷纷。
诗田生息，唯有耕耘。

苍天不老，对蜀一斟。

读黄亚洲《露台花草》

童心不老，青春常栽。
诗洒岁月，露花长开。
细流润物，满院香苔。
病魔何惧，独怕志衰。
立身之道，勿恋尘埃。
人非草木，患难情来。

渡口送友

轻舟发声泽，云天动浪脉。
渡口涛花开，君作岛中客。

访泸沽湖^[1]

人间瑶池宝石烁，玉洁冰清女儿国。
锅庄舞池看摩梭，篝火点起不遗墨。

【注】

[1] 泸沽湖位于云、川交界之处，该地居民主要是摩梭人，至今仍旧保留着母系氏族社会的婚姻制度。

访欧九人行^[1]

钱江潮头结伴行，周游西欧情谊深。
风尘仆仆费尽力，异国风光难言陈。

王朝一席温州菜，汤中无限家乡情。

汪城喜见彩虹天，鹏程万里海青青。

旅途虽长时光短，蒋祝同事一生宁。

【注】

[1] 钱、周、费、陈、王、潘、汪、程、蒋九同事一起出访，路上吟诗留作纪念。

赋三峡大坝[1]

治江百年梦，建坝千秋盛。

飞瀑坛子岩，三峡蛟龙静。

【注】

[1] 长江三峡大坝位于湖北省宜昌市，是世界第一大水电工程。坛子岭是参观大坝的最佳景点。

故乡来客

昨夜铃声闹，今朝贵客到。

开口见喉咙，相问家山道。

观编钟表演[1]

青铜岁月钟不老，尤尊曾侯尽其妙。

和音谐调醉昊宫，一翻楚韵三镇袅。

【注】

[1] 曾侯乙编钟现存于湖北省博物馆，是战国时期的乐器文物。此诗作于2012年9月6日。

观山西刀削面[1] 表演

头顶粉团刀削面，落锅一片飞一片。

如无技艺十分功，那有今日流星现。

【注】

[1] 刀削面是山西人民日常喜食的面食，因其制作独具特色，故得名。

观天坑地缝[1]

壮险千仞壁，绝胜扬万里。

欲穷绞汁思，难解神工意。

【注】

[1] 天坑位于重庆市奉节县小寨村，是目前世界上最大、最深的岩溶漏斗。

过万安桥[1]

细雨霏霏湿草坪，万安桥下水如镜。

半河垂柳半河天，河里楼亭流不净。

【注】

[1] 余居杭城叶家弄四年有余，常过万安桥到官巷口上班，旧时河景历历在目，几年巨变，令人惊喜。

河内夜闻

夜奔异国轻车骑，迎宾灯火传情意。

西湖^[1]水边共举觞，推心短言话友谊。

【注】

[1] 西湖指越南河内市的西湖，是越南因市内河道阻塞而形成的一个湖泊，环湖建有多座宫殿。

荷兰^[1]风光

碧草青青千里旷，出门便见奶牛放。

野鸭嬉水风车欢，田园风景百回望。

【注】

[1] 荷兰位于欧洲西部，是举世闻名的"低地之国"（低洼之国），以风车、郁金香等著称。

后门溪^[1]

春雷泼雨罢，曲涧泥花发。

待到水清时，槌衣明月下。

【注】

[1] 从网吞龙潭流经村里的清溪，俗称后门溪。

黄果树瀑布^[1]

飞瀑落千丈，万马从空降。

巧手引银丝，裁剪翻新样。

【注】

[1] 黄果树瀑布位于贵州省安顺市，属喀斯特地貌中的侵蚀裂典型瀑布，因本地有大量的"黄葛榕"而得名。

《火车穿越捷德边境》读后

和平来世不易，绿茵抚复疮伤。

莫教悲史重演，边境世代流苍。

梦牵耿耿元夜，床前洒入月光。

寄　望^[1]

江东父老翘首盼，勿负群望鹏图展。

耕耘固然辛苦多，春华秋实景无限。

【注】

[1] 此诗献给 1979 年农行恢复期间艰苦创业的同事们。

疆蒙随笔^[1]

风尘仆仆秋露霖，考察边疆昔与今。

风力发电开眼界，联系浙商明实情。

疆土辽阔山水美，资源丰茂凝后劲。

追梦合作前景好，继往开来图画新。

耳听何如眼见实，沿路风光浸人心。

草原饮得催马酒，人走却留记忆深。

【注】

[1] 此诗为省政协委员考察新疆维吾尔自治区和内蒙古自治区而作。

就职诺言 [1]

任职来自机遇，责任重于泰岳。

律己视同灵魂，希望寄予事业。

【注】

[1] 1997 年 1 月 28 日，中国农业银行总行行长史纪良代表总行党组宣布余出任中国农业银行浙江省分行行长、党委书记，余在会上讲了上述四句话作为就职宣誓，并付诸实践。

科伦坡 [1] 观树

满街铁木绿成荫，椰林高耸入云枕。

晚叶收水朝伸肩，雨树 [2] 磨汗百花饮。

【注】

[1] 科伦坡是斯里兰卡的首都，也是世界著名的人工港口，拥有"东方十字路口"的美称。该诗于 1991 年参加农总行组团考察斯里兰卡农业时所赋。

[2] 雨树是一种特殊的植物，傍晚吸收水分，太阳升起之时，其所吸收的水分便如雨水一般洒下来，故名雨树。

离塔峙 [1]

林风不晓觉，山月云遮缺。

夜牵风雨情，惆怅如何别。

【注】

[1] 余在塔峙山区工作近十五年，与这里的人民结下了深情厚谊，一

草一木都令人留恋，调动工作时依依难舍这块养我的土地。

黎家三月三 [1]

丽日喷薄翡翠酽，凤凰椰林绿红锦。
车快冲山歌舞时，欲追米酒心已饮。

【注】

[1] "三月三"是黎族民间的传统节日。1986年春，余去海南岛考察，在五指山下冲山镇有幸赶上"三月三"盛况。

临沂 [1] 有感

星转斗移晨鸡曙，春风吹绿孟良崮 [2]。
书圣 [3] 故里汶酒香，沂水流清载物阜。

【注】

[1] 临沂是山东省的地级市，有"齐鲁襟喉、徐淮锁钥"的称号，是东夷文化和凤凰文化发源地。

[2] 孟良崮位于山东省临沂市蒙阴县垛庄乡境内，属蒙山山系，相传北宋朝抗辽将领孟良曾屯兵于此，故名。

[3] 书圣指王羲之。

漏夜话别

有阴必生明，何愁雨剪剪。
寄语天上云，隔海犹相见。

旅德缩景

悄悄梅辛根[1]，悠悠慕尼黑。

蓝蓝多瑙河，静静思歌德[2]。

【注】

[1] 梅辛根镇位于斯图加特。

[2] 歌德是德国著名文学家、思想家。

麦积山石窟[1]写照

孤峰突起如麦垛，峭壁悬崖佛像坐。

万龛千窟疑神功，泥塑彩妆烟雾锁。

【注】

[1] 麦积山石窟位于甘肃省天水市，以彩妆泥塑著称，因此也有"东方雕塑陈列馆"的美誉。

明月胸怀

万里明月万家有，不论尊卑和贫富。

世人若效明月怀，何来严霜逼愁雾？

木鱼镇烤茶[1]

山道弯弯云雾搂，叠嶂层岭龙蛇走。

木鱼依依动客心，烤茶一杯疑是酒。

[1] 木鱼镇位于湖北神农架林区。烤茶是饮茶的一种方法，可以消除生茶的寒性。

宁夏[1]写景

承天一览岁犹还，贺兰岩画千采纳。

高庙岁月同故宫，西夏文化金字塔。

【注】

[1] 宁夏回族自治区位于黄河上游，是东西部贸易的交通要道，有"塞上江南"的称号。在此地曾经拥有著名的西夏文化。

品竹笋[1]

莫看嫩尖小，解锋千丈俏。

一盘野笋香，十年回味道。

【注】

[1] 壬辰年春于安吉。

企业理念[1]

企业的力量在于团结，

企业的生命在于拼搏。

企业的成功在于创新，

企业的希望在于人烁。

【注】

[1] 20世纪80年代，余在实践中总结的企业理念，被媒体广为传播。

前童古镇[1] 有拾

原版民居丝竹调，八卦雕梁水中漂。
小桥流影户户通，卵石细路家家到。
书院静静年长流，人才济济光普照。
古柏金桂杏树高，更有元宵灯会妙。

【注】

[1] 前童古镇位于浙江省宁海县，是至今为止存留较为完好的宋代古镇。

钱江弄潮[1]

昨日捷报墨奇卉，今使玉笔丹青绘。
与时俱进立潮头，贺岁涛声别有味。

【注】

[1] 年终决算夜作于农行萧山支行。

乔家大院[1]

璀璨明珠在中堂，端庄威严构思巧。
精美绝伦三雕晖，古朴大方红灯照。

【注】

[1] 乔家大院位于山西省祁县乔家堡村，是清代资本家乔致庸的宅邸。其建筑主要体现了我国北方民居的风格，《大红灯笼高高挂》等多部影视剧曾在此进行拍摄。

青　山

光阴不受钓，日叶无人扫。
青山再有心，但知人已老。

清风可味

金钱花花陶人醉，追名逐利虚度岁。
梦里仙餐皆幻烟，惟有清风可入味。

清明祭母

年年春到思劳燕，今日墓前泪水咽。
满山桃花本无声，风吹雨淋哭一片。

秋　寒 [1]

朝闻松柏断，秋露愁容切。
夜见濠河头，为何梦里别？

【注】

[1] 谨以此诗悼念钱民华老行长。

秋行奥地利 [1]

红叶摇峰峦，大地铺绿绮。

山寝画中幽，人静花园里。

【注】

[1] 奥地利位于欧洲中心处，著名的阿尔卑斯山脉横跨奥地利，使其形成海洋性气候与大陆性气候两个不同的气候风情。

日月亭[1]小拾

日月同辉隔山望，汉藏相亲千古唱。

西海[2]锁关雪映亭，白云哺翠牛羊壮。

【注】

[1] 此处指青海湟源县日月山上为纪念文成公主建的日亭和月亭。内有唐蕃古道纪念碑。

[2] 青海湖古称西海。

瑞丽中缅边境所见

同饮友谊井，秋千荡过境。

一寨两国天，遍遍留学影。

箐 寮

鸟鸣幽谷磬，天生花海静。

云淡高处寒，小桥流水竞。

三寸金莲馆[1]有感

一天裹足百年累，三寸金莲十缸泪。

旧疾早已消去烟，步步生莲似留味。

[1] 三寸金莲馆位于浙江省乌镇。展馆内拥有"步步生莲"的故事讲解。

三晋情缘

兰月清风朝花栽，南田[1]深情根晋怀。

人间难得迎客雨，有缘相约会五台。

恒岳论峰三生路，云冈千尊九门开。

塞上古城[2]景如画，潮涌酣谊高原来。

晋中探院闻志远，耕耘河东起英才。

故交盐湖[3]洁似雪，寻根思念寸寸徊。

【注】

[1] 南田指浙江省象山县南田岛。

[2] 此处指山西省大同市。

[3] 盐湖位于运城市区，是世界第三大硫酸钠型内陆湖泊，被誉为"中国死海"。

山　雪

夜栽银尾竹，日淋鹅毛屋。

远处一洞桥，雪残断古璞。

师　恩[1]

廖阔星空高，攀峰月引早。

千古夜行光，师恩永不老。

【注】

[1] 戊戌年阳月，为效实中学高中时班主任竹之筠老师谢世而作。

沈园[1]感赋

有缘不结情人缘，有梦不圆长思梦。

古今多少往来君，几人不读钗头凤？

【注】

　　[1] 沈园位于现今浙江省绍兴市，是绍兴唯一保存至今的宋代园林。南宋著名诗人陆游和唐琬的凄美爱情故事便发生在此。

蔬菜工作组寄愿[1]

八月田间漫，愁容尽雨片。

寄言菜地云，青青桌上见。

【注】

　　[1] 辛未入秋后连续下雨，菜地被淹，杭州市市场蔬菜供应极其紧张。省政府组织有商业厅和农业银行领导带队的蔬菜工作组，我们深入到市场和蔬菜基地江干区等农村调研，及时安排了种子、肥料和信贷资金，组织抢播抢种和外地采购，缓解城市蔬菜供应压力。

霜田收晚稻

秋尽霜似刀，割吾脚底肉。

不是农夫熬，何来腊八粥！

水城寄怀

同胞相聚威尼斯，桑梓亲情青天记。

有幸捧得水城醇，举杯共把心愿寄。

太姥山[1] 观石

都道港湾石生韵，云山雾海箜篌引。
若问奇石知几何，任君妙想任君品。

【注】

[1] 太姥山位于福建省福鼎市，其名取自尧时期老母种蓝的故事，原名为"太母"，后改名为"太姥"。

题北仑农村信用联社[1]

励精图治，务实夯基。
阳光理念，普惠彩霓。
转型发展，力聚心齐。
逆势耕海，三载辉犁。

【注】

[1] 写在宁波市北仑农村信用联社年度会议之际，丙申初夏于北仑。

题秋叶

寒霜染罗绮，知情信先寄。
萧萧落红时，万叶秋声细。

骄者写照

谦和风雅体，骄横心血闭。
春风得意时，黄叶已铺地。

题风景垭^[1]

天上游客金丝燕，神农峰顶百花艳。
婷婷红桦压群芳，万绿丛中一脂倩。

【注】

[1] 风景垭位于神农架西侧，海拔最高有 2950 米，因此也有"神农第一顶"的称号。

调研随笔^[1]

清湾风景哪边好？拔筹当数银台佼。
三阳开泰争春时，自强不息是正道。

【注】

[1] 贺农行乐清支行存款超 60 亿元。

题荒漠明珠^[1]

金山碧水长空朗，万株千丛芦苇荡。
黄河挥手东流腰，勾出塞上渔歌唱。

【注】

[1] 此处指位于宁夏回族自治区引平罗县的宁夏沙湖。

天荒坪蓄能电站^[1]

天荒地不老，山高天池渺。
夜来抽水忙，日出送电早。

忘　记

出门病历看，事多药忘淡。
内人追实情，归来时已晚。

忘归冠豸山

静静石门浦，幽幽有舟橹。
日暮把人牵，相伴忘归树。

忘年有思

挑灯靠竹椅，忽觉岁时已。
明起又一年，逐梦思千里。

问燕湖 [1]

城墙行酒令，俏峰映碧静。
平地起镜湖，多少前人影？

问　鱼

山深有鸟鸣，风响幽篁里。

借问溪中鱼，落花谁有意？

无　题 [1]

解甲回首路漫漫，半是感恩半幽淡。

莫愁会厅纸笔无，鼎言慰心终身念。

【注】

[1] 2002 年 10 月，在黄龙饭店会客厅，时任浙江省政府主要领导，当着诸多领导干部的面称："蒋志华同志是浙江经济建设的功臣！"这句鼓励的话使我一生难忘。

五台山 [1] 感赋

清凉圣境泛梦幻，青山蓝天云色淡。

松风柳涛涌龙泉，日月同辉光灿灿 [2]。

【注】

[1] 五台山位于山西省忻州市，全年平均温度均在零下，因此也被称作"清凉山"。

[2] 时日，天上的太阳和月亮从早晨到中午同时都能见到。

五泄 [1] 瀑韵

五龙竞喷惊世句，翠谷连奏万重曲。

碧湖水写报春梅，桃源深藏吟诗趣。

【注】

[1] 五泄位于浙江省诸暨市，该地在北魏时期已经举世闻名，历代多位文人名士都曾在此留下足迹。

武汉访友[1]

秋风习习，江怀殷殷。

千里荆楚，义重情深。

万顷波碧，一湖冰心。

高山流水，老来知音。

【注】

[1] 应瑞斌好友邀请，2012年仲秋在鄂地考察，饱赏大好河山，领略荆楚文化，感受人间真情，留下难忘印象。

新年偶感

人生旅途有何甜？清风明月伴你翼。

人生旅途谁说苦？清风送凉又送逸。

人生旅途几多乐？明月入怀生花笔。

留得清风明月在，世间美景甘如蜜。

西南感事[1]

夏秋之交走黔桂，途经巴渝夜景美。

长征路上忆当年，深情捧起湘江水。

白云花卉四季春，千亩玫瑰一村配。

休闲农业新月眉，八桂田园尽翡翠。

走访浙商数家珍，创业创新精神贵。

西南之行放眼量，轻舟满载边陲醉。

【注】

[1] 省政协农业和农村工作委员会一行 16 人，考察黔桂两省现代农业，有感而作。

新年祝福[1]

心情舒畅第一福，清清淡淡真是福。

岁无奢求气宇生，健康平安阖家福。

【注】

[1] 赠给朋友的新年贺词。

阳　光

生生钱眼里，欲望何时已。

阳光心态存，知足闻鸡起。

宿武夷山庄

九曲碧溪映岚影，黄冈[1] 顶上绿茵挺。

大王峰下甜梦酣，人间万愁忘干净。

【注】

[1] 黄冈山位于福建省与江西省交界的地方，是华东地区海拔最高的山峰，因此有"华东屋脊"的称号。

夜读偶感

勤劳富日长，敛财离穷近。
自然万古新，偷时光烛尽。

夜　歌

入村民居宿，飞雪封松竹。
挑灯研唐诗，烧尽三根烛。

夜　归

深山雪瀑竹，四处寒风逐。
夜归忙碌人，独自柴门宿。

乙未清明西湖雨中观桃

春雨潇潇，丝柳飘飘。
露红滴滴，舟载娇娇。
风剪万锦，装点花朝。
清明西子，分外妖娆。

忆春耕生产工作组 [1]

乙亥春来早，催农种早稻。

走断田埂时，月明青苗俏。

【注】

[1] 乙亥、丙申两年，浙江省打粮食翻身仗，余先后两年任省委派出的工作组负责人，到舟山、宁波、绍兴等地农村工作。

忆行史[1]

挥毫溯源问根，拾得初心以魂。
为农矢志追求，创业梦想成真。
往事记忆犹新，经验当数家珍。
几代深耕融海，一江满载富春。

【注】

[1] 《浙江农村金融改革发展的重彩浓墨》文中插诗。

影城联想[1]

雄浑古朴旧堡味，城小视丰神秘魅。
历史长卷瞬间穿，银幕虽薄盖经纬。

【注】

[1] 此处指华夏西部影视城，为《红高粱》《大话西游》《新龙门客栈》等著名影视片的取景地。

咏峨眉山[1]

千姿百态天公梳，云衣雾纱春秋袖。
娉婷少女巧靓妆，不敌峨眉千峰秀。

【注】

[1] 峨眉山位于四川省峨眉山市，山上拥有众多稀有植物和树种，有

"秀甲天下"的美誉。

咏　老[1]

莫怨人生春逝早，斗转星移天亦老，
借得敬海一叶舟，载尽秋光百年好。

【注】

[1] 谨以此诗贺总行老干部工作座谈会于2012年10月31日在杭州召开。

咏天龙屯堡[1]

屯田文化六百秋，大明遗风犹可见。
石头房子石瓦楼，石头街面石头碾。
银索绾髻凤阳妆，奇装异服风景线。
琼花瑞草精细雕，桂花树下地戏演。

【注】

[1] 天龙屯堡位于贵州省平坝县，是通往云南的咽喉之地，是我国古代重要的军事要道。

游园偶感[1]

院大规矩多，家训锋钢锉。
自古成事功，尤强不二过。

【注】

[1] 第二次参观晋中乔家大院感赋。

有感退思园 [1]

自古人生谁不老，该退了时就退了。
退而思进自寻悲，莫效任公空焙恼。

【注】

[1] 退思园位于苏州同里，始建于清朝，后因落职官员任兰生在此建园，寓有"退则思过"之意，故名为"退思"，是江南园林的代表之地。

渔村晨景

攀高海山观红浪，风送礁石渔歌唱。
别看千帆百日闲，渔家姑娘忙晒网。

雨中观青龙瀑布 [1]

白云深处青龙倔，横世飞瀑九重厥。
万马奔腾千山隆，银泉飞雪闽中绝。

【注】

[1] 该瀑布位于武夷山九曲溪上游。时日下雨，银帘飞雪，烟雨雾谷，雷鸣山隆，十分壮观。

鼋头渚 [1] 所见

万顷春涛奔龙涎，千里横云孕吴越。
情鲤隐居碧波潭，江南兰苑翻日月。

【注】

[1] 鼋头渚位于江苏省无锡市，此地有广福寺、太湖仙岛等多处著名景观，是《追鱼》的拍摄地。

再访莫高窟

莫道戈壁洞天小，千幅万尊尽神妙。

四月初八[1]岁月长，多少故事话人晓。

【注】

[1] 四月初八是释迦牟尼的生日。

赞　梅

冰挂三丈天地冻，却有岩梅暗香动。

人生如无骨气才，走遍天下难为用。

赞莫高窟[1]

精妙绝伦笔，文明传世宝。

夜静藏珍宫，日出惊窟早。

【注】

[1] 莫高窟位于敦煌市，以壁画和塑像而广为人知。

赞戊子贺岁

拜年改革富创意，借时错峰话更细。

都说子年瑞雪奇，贺岁亦出新道理。

赠杨君春入沪[1]

立马钱塘鞍未洗，涓涓才思入情理。
莫怨岁月无回期，忘年之交可长忆。

【注】

[1] 此诗送好友杨立新离杭履新。

长白山[1]秋题

银帘绣红叶，谷底隐古槭。
温泉弄异香，天池胭脂雪。

【注】

[1] 长白山位于吉林省，有"关东第一山"的称号。天池为其主要景点。

中秋贺信

桂飘香露流珠早，电信贺秋心用稿。
莫忘今夜月儿圆，弄曲嫦娥弦不少。

中秋寄友

人生易老月何老，又是一年秋节闹。
莫言几度夕阳红，晚彩满天霞更好。

中秋西湖

南山荫荫晚钟逊，柳丝轻轻乱方寸。
湖面无风镜未磨，月光如水两相问。

走烟台 [1]

风雨兼程烟台乘，半熟苹果百里竞。
碧海金沙浪拍舟，渔家灯火小楼静。

【注】

[1] 烟台位于山东半岛，因市内烟台山而得名，烟台苹果是著名特产。

摘　诗

古人赊月色，诗魂向天得。
我当采夕阳，诗篇带叶摘。

走曼谷

千年金碧照，万顷稻香俏。
天使之古都，佛烟四时袅。

祖堂述怀

狮踞龙盘处，祖德晴光吐。

孝子贤孙多，乡风可仰俯。

醉　兰

万株生梦境，适如眠未醒。
四季胡姬花[1]，狮城显灵性。

【注】

[1] 胡姬花即兰花，是新加坡的国花。此词壬申年作于新加坡。

醉　柳

二月回春友，轻拂醉如洒。
风都惜长条，莫损河边柳。

词

初阳夕拾　诗词一千首

八声甘州·海宁观钱塘秋潮

任劲风万里搅州湾，千丈啸天潮。看涛冲江上，雪喷津岸，云水滔滔。一线^[1]神兵摆阵，军马尽矜骄。却有回头老，难解其招。

雷鸣排山倒海，正中秋圆月，乐震重霄。问奇观行迹，几度笑游遨？约来年、桂香韶早，请潮公、中气足潇箫。容呼酒、擂三通鼓，助力惊飙。

【注】

[1] 一线指一线潮。

八声甘州·壶口瀑布

眺巨壶鼎沸九重烟，一吼震青天。见龙飞马跃，千军过处，鼓角连连。空碧晖流万里，云戏水无边。终有湖羊笔，难画湫涎。

如此壮雄绝写，令心潮澎湃，直挂风帆。奋中华儿女，热血撼波澜。炫河魂、气冲山岳，立九州、再哮五千年。强兴梦、算凝眸着，宇宙人间。

八声甘州·纪念抗战胜利七十周年大阅兵

赞阅兵气势撼江河，威武震穹苍。看三军方队，万人齐步，铁甲钢枪。瞩目全新装备，烁烁闪天光。鹰击雄空彩，见证沧桑。

今日扬眉胜利，望长街十里，剑说兴亡。鉴悲壮历史，忘不了疮伤。庆重生、缅怀先烈，拓未来、接力奏云章。中华梦、复兴强国，铸我辉煌。

八声甘州·甲午战争[1]一百二十年祭

数星移斗转忆霜年，疆海血扬汤。恨穷凶倭寇，野心亡我，小鳖豺狼。多少身怀豪志，奋起战魔狂。为国捐躯骨，壮盖昌昌[2]！

不忍水师被吞，逼马关盗约，国耻严殇。叹清廷腐朽，社稷受披猖。想前车、搅胸思痛，警世人、自立仗兴邦。中华梦、正凝坚起，钢铁沧江。

【注】

[1] 甲午战争是19世纪末日本侵略中国和朝鲜的战争。

[2] 昌昌指清末海军杰出爱国将领邓世昌、丁汝昌，泛指在甲午战争中殉难的先辈们。

八声甘州·舟山跨海大桥感怀[1]

望涛涛浪里涌潮来，凭棹借帆归。问金塘洋上，海风有否？此去几回？陆岛区区一水，行路断薪炊。世代呼通道，醉梦魂飞。

今庆天堑结彩，舞巨龙献月，云晚逍遥。看凌空飞渡，跃笔架金桥。千秋功、民生欢笑，万众挥、快鞭策良骁。新篇唱、岁和年盛，岛国娇娆。

【注】

[1] 2009年8月，在舟山农行领导和大桥工作人员的引领下，我携孙捷足先登参观并乘车通过了梦思神牵的舟山跨海大桥。望着凌空飞渡的巨龙，回想起当年农行支持大桥建设的情景，感慨万分，我深情地扶着崭新的桥栏，写下了这首"八声甘州"。

拜星月慢·京剧《文姬归汉》观感

漠北年华，悲风催老，泪枕依依弱燕。愧锁毡宫，念中原肠断。梦魂里，总见、烟船万里江畔，故国山河花烂。十二春秋，悔无缘装点。

幸曹公、旧识才裙面。心归汉、却被三情缠，骨肉割舍难为，苦生离涯岸。告苍穹、十八胡笳[1]怨，修书愿、惜别关山远。典四百、寄尽相思，怄人圆月满。

【注】

[1] 十八胡笳指《胡笳十八拍》，由古代才女蔡文姬所著，讲述了其一生不幸的遭遇。

拜星月慢·咏油菜花

一抹朝霞，清风收露，万顷鹅黄尽盖。举目之间，见光流金海。淡香袅，此处、双双舞蝶相倚，曲曲蜂歌轻载。三月琼台，总农家花菜。

画图中、美景深深慨。悠悠梦、醉倒瑶池外，朵朵斗艳春烟，笑群山青黛。问芬芳、有几田头赛？莺飞逐、喝出声声彩。是汗水、点缀人寰，得天资地赉。

卜算子·悼兄长[1]

漏夜月难明，更断灯花烬。恶病疯魔劫善灵，泪雨龙溪恨。
十二岁扶家，砍柴耕田奋。胸睦乡邻润百川，峰露英魂饮。

【注】

[1] 兄长因病医治无效，于2017年3月11日凌晨2时逝世，终年八十岁。兄弟俩年幼失怙，母亲含辛茹苦持家，长兄帮扶，母子三人在风雨中相依为命，情深似海，恩昭南山。

卜算子·钱塘幸会[1]

瑞雪绣钱江，片片无声画。四十春秋霎眼过，疑月潮头挂。

谈笑言无穷,回首追风马。厚谊深情慰夕阳,心雨潇潇下。

【注】

[1] 丁酉腊八,农行浙江省分行在钱塘江畔的办公楼里召开地市行老行长座谈会,通报党建和业务经营情况,畅谈农行恢复四十年来改革发展历程,听取进入新时代后开启新征程的意见和建议,气氛热烈,情绪高涨,场面感人。

卜算子·滕王阁[1]礼赞

江月万年流,雄论风云合。春去秋来独步悠,曲尽龙蛟阁。
秋水落霞幽,重彩琼瑰厚。独往高楼赞不休,盛世人间寿。

【注】

[1] 滕王阁位于江西省南昌市,因唐代王勃所作《滕王阁序》而闻名。

卜算子·登衡山[1]

已暮去南山,何处南山路?今日随缘得见君,相面鸿融崮。
此愿已心从,此景过还慕。常梦南山不老松,相伴殷殷步。

【注】

[1] 衡山古称南岳,之所以称之为衡山,是因为其处于二十八宿的轸星之翼,像衡器一样,可以称量天地,故此得名。

卜算子·劳动节有感

五一客农庐,旧事心中漾。对忆春耕夏作时,苦辣酸甜涨。
劳动不分家,遇节当共享。听说村民有假休,倍感闲风爽。

采桑子·纪念李大钊[1]诞辰 120 周年

满腔热血播真理，铁担双肩。气贯尧天。九九豪情日月弦。

工农奋起风雷激，道义风帆。破浪披坚。傲骨遗薪燃万年。

【注】

[1] 李大钊生于 1889 年 10 月 29 日，是中国共产党的创始人之一。

采桑子·松兰山[1]写景

楼听涛谱声声岸，帆洒光霞，海涌潮哗，白漠蓝天金鼓笛。

松兰山外呼鱼石，竿起钩拉，鱼跃人呵，阳夕添红忙酒家。

【注】

[1] 松兰山位于宁波市象山县，海湾、沙滩、礁石、洞穴等构成一道优美的风景线。

采桑子·夜东港[1]

一壶影月湖中漫，洒尽沧桑。往事回肠，似有渔歌透隔窗。

无风小阁柔情水，斗转流觞，星接灯洋，夜阔新空万里妆。

【注】

[1] 东港位于舟山市，是围海造地建起来的一座新城，时年，当地农行给予信贷支持。

采桑子·参观吉林市陨石馆[1]

流星似雨江城落，雷鼓声声。天外来卿，带给人间惊与莹。

皆尊远客心相印，供奉高厅。民众陈情，万代千秋日月明。

【注】

[1] 1976年3月8日，数量众多的陨石雨散落吉林市，最大一块重1770多公斤，震惊国内外。

采桑子·清明祭——毛主席逝世三十周年

巨星三十年前陨，风咽年轮，江怒民根，家国飘摇愁转坤。

开来继往延青史，改革奔云，开放腾新，告慰神州展宇鲲。

采桑子·香山[1]

香炉峰下风萧瑟，庸绣流葱，楼影苍穹，野趣悠悠百尺松。

莫愁霞晚黄昏近，且看秋容，霜叶新红，满幕春光随手拢。

【注】

[1] 香山位于北京西郊，是一座历史悠久的皇家园林，也是著名的赏枫胜地，拥有"世界名山"的称号。

采桑子·银链坠潭瀑布[1]

千军万马隐深库，轻碧神兵，倒海雷霆，百里烟尘钟鼓鸣。

骐骥惊起师何处？邀石携风，问蕳牵荆，留下银烂寻迹声。

【注】

[1] 银链坠潭瀑布是黄果树瀑布群之一，以其千军万马的出没、千丝万缕的情态、如泣如诉的瀑声著称。

钗头凤·思邻居

桃溪岸，禾秋晚，一壶茶水双门槛。忧劳累，霜风祟。问医煎药，互添衣被。贵！贵！贵！

新飞燕，生疏面，月明星淡矇眬眼。梯虽会，心无位。楼高人远，不知何岁。睡！睡！睡！

朝中措·华山 [1]

莲花带露削河开，奇突拔云台。峰展仞天岁月，岩流风绿霜皑。

一山一石，崖悬论剑，天际神来。古唱劈山韵曲，今歌征险壮怀。

【注】

[1] 华山又称西岳，以地势险要著称，被誉为"五岳之险"。有民间自古华山一条路的传说。

朝中措·宿山里人家

云山雾罩竹开屏，屋后夜峰青。窗外蛙声一片，门前池火疏星。

清风作陪，绣云伴睡，好梦深深。一觉静幽无杂，醒来已是天明。

朝中措·卖瓜翁

浪浪汗逼小楼东，卖叫莫如翁。扇拂摊前垂杨，调来阵阵凉风。

西瓜面市，香飘百里，秤上浆琼。好在一身本事，切开只只沙红。

朝中措·陪孙上学

涛声依旧侍年钟，又学伴孙工。早送朝霞校室，晚迎门外春风。

匆匆岁月，年华金色，甘作书童。喜见孙儿超越，镜前唤醒衰翁。

捣练子·呼伦贝尔草原[1]

天灿灿，水弯弯，绿海漪漪断远栏。蒙古包前迎马酒，夕阳人醉牧歌闲。

【注】

[1] 呼伦贝尔草原有"世界上最美的草原"的称号。蒙古包是对蒙古族牧民住房的称呼。

点绛唇·乘凉

山夜晴空，满天星斗人间洒。蒲扇消夏，竹椅萤花发。

小院悄悄，只有孙儿话。依膝下，此无牵挂，只怕蚊来插。

点绛唇·探秀山湿地[1]

春树飞红，渔家幸在桃源住。白秋寒鹭，丹橘枝头舞。

饮水芦花，尽吐风情絮。难止步，柳丝轻疏，欲探鱼归浦。

【注】

[1] 秀山湿地位于浙江省舟山市，拥有多种珍稀动植物。

点绛唇·夜游新安江 [1]

船上添襟，凉风一阵消三暑。白沙奇雾，渔火云樯舞。

两岸轻歌，当是萧闲处。抬头逐，乱星如澍，洒落霓虹渡。

【注】

[1] 新安江发源于安徽省黄山市，沿江有梅城等文化名胜，历来有"奇山异水，天下独绝"的美誉，是一条举世闻名的"唐诗之路"。

蝶恋花·情系千岛水

一碧湖波天下晓。水洁流深，千岛 [1] 轻轻漂。风雨梳年情不老，播春更寄瑶池好。

几度春秋几梦绕。不负当初，依旧风姿俏。众护源头休发藻，和谐生态亲民调。

【注】

[1] 此处指千岛湖，位于浙江省淳安县，是新安江水电站蓄水而成的一座人工湖，因其湖内拥有一百多个岛屿而得名。为保持人间一潭好水，余曾多次调研呼吁，情系梦怀。

蝶恋花·送剑青君 [1]

漏夜西风凭祭酹。如梦初临，难识寒襟泪。天阙也知离别碎，月光无色苍穹悴。

生死交予公事醉。剑胆琴心，浩气犹碑瑞。欲问英魂终不悔？青山秀水长相慰。

[1] 乙酉年三月二十七日深夜，风雨交加，天地悲恸，余含泪送好友英灵回丽。翌日凌晨三时车到丽水，倾盆大雨，老天流泪，众人无不动容。许多人自觉一路护送，沈剑青一生兢兢业业、艰苦奋斗、实干为民的感人事迹打动了丽水农行广大员工和社会各界的心。

定风波·渡海

舟远洋山[1]去泗礁[2]，千堆白雪织花飘。万顷云烟凭我渡，天步，纵横涛海胜龙蛟。

岁月峥嵘多少忆，寻逸，人情故地碧空霄。回首向来催楫翼，吹笛，几声浪曲过瑶桥。

【注】

[1] 洋山位于浙江省嵊泗崎岖列岛，包含十余个岛屿，是国内首个依小岛而建立的港口。

[2] 泗礁为嵊泗县本岛，因岛北部海域的四块大礁石而得名。

定风波·黄鹤楼诗情

鹤去楼空客弄弦，归舟载月泊栏前。浪激龟蛇烟雨起，崔李[1]，传薪绝句泛漪涟。

黄鹄矶[2]台涛泼墨，怀阔，韵声律曲别重天。碧海苍穹《梅花落》，宏博，悠悠管笛数千年。

【注】

[1] 崔李指崔颢、李白。李白曾有诗云："眼前有景题不得，崔颢有诗在上头。"

[2] 黄鹄矶位于武昌市，因蛇山突入江中的矶石，与汉阳禹功矶相望而得名。

定西番·读《石灰吟》[1]

四句铮铮一抹，清耳目，壮心怀，彻云台。

烈火焚烧清白，洁身磐石来。力挽狂澜熔铄，扫尘霾。

【注】

[1]《石灰吟》是明代于谦所写的一首托物言志诗。于谦以石灰自喻，表达自己无惧牺牲的品格。

东风第一枝·北仑山[1]

屹立东溟，观山览海，导航灯塔高杲。过帆多少风樯，月轮洒穷玉岛。波涛滚去，见石岸、花开千佼。夜静处、唱晚渔歌，别是一番音绕。

情未了、宝光不老。心欲醉、逢时潇昊。迎来改革新潮，唤醒万年津要。东方良港，震鼓起、青天春晓。喜百舸、竞发如流，帜结码头腾蹈。

【注】

[1] 北仑山位于宁波市，北仑山目前具有管理北仑水域交通和水文的重要作用。

洞仙歌·洱海夜月

冰清玉洁，月海飞金镜。萧夜风来动花影。碧莹莹、横卧朦色银苍，烟波淡，露润楼亭草静。

穹窗帘未下，宫阙屏开，天上人间两相应。话不尽昆弥，百里清光，三更鼓、正浓雅兴。况灯火船台舞蹁跹，又万点云山，素田千顷。

洞仙歌·过严子陵钓台[1]

富春山麓，见清风无染。垂钓桐江淡香满。露凉时、更有披氅羊裘，君可数，几处桃源当选？

人生过眼水，一竹鱼竿，似约疏星渡涯岸。试问世间中，玉谢三殷，其志向、何崇高远？笑云海茫茫路迢迢，尽柳暗花明，岁轮年换。

【注】

[1] 严子陵钓台位于浙江省桐庐县，是东汉隐士严子陵垂钓之地。

渡江云·乘舟赏西湖荷花[1]

借舟无有伴，倚荷弄棹，灼灼一株株。露花时舞足，蒨叶盈杯，隔水宠西湖。风裙乱意，蝶粉儿、含笑情酥。千万顷、碧空连绿，红日泛晕初。

归乎？丝丝牵藕，秀秀芙蓉，却依依翘楚。污不染、亭亭玉立，瑶席琼孤。清香润世尘衣蕊，傍水埠、回首妆梳。看不尽、钱塘梦也莲铺。

【注】

[1] 西湖荷花是杭州西湖的著名景观，其出淤泥而不染的品质为世人所赞颂。

风入松·黄亚洲诗歌朗诵会观感[1]

行吟大地月扬鞭，百味掬心田。壮怀激烈山河啸，风霜路、犹在眸前。细腻柔情如水，小城秋菊蓝天。

心光淡淡运河边，淳朴话人间。担当躬鞠长歌寄，奔波处、予世为甘。今日回肠千里，清风一路诗篇。

[1] 2015 年 7 月 5 日，黄亚洲诗歌作品朗诵会在杭州红星剧院隆重举行。黄亚洲，著名作家、诗人和编剧，曾任浙江省作家协会主席。

风入松·访诗词之乡[1]

听涛听雨到长兴，诗草满城生。斜风一剪湖波潋，铺成了、万卷词瑛。李杜遗风传韵，苏辛律曲翻新。

人间难得重诗情，璀璨炽渔汀。诗词文化乡村驻，一笺诗、一片清宁。古往今来吟诵，宛如晓梦闻莺。

【注】

[1] 此处指浙江省长兴县。"2017 年浙江省诗词之乡授牌仪式暨中华诗词之乡创建动员会"10 月 31 日在长兴县举行，大会授予长兴县"浙江省诗词之乡"称号。

风入松·圆明新园[1] 观感

兴园盛世梦成真，万象百园春。中西文化融横店，聚凝了、古国精魂。彰显中华雄威，记铭历史伤痕。

西峰望远物华新，栉比锦鳞沉。激光水秀湖山乐，挖坡功、气壮波吞。池苑秋春冬夏，情留筑梦基根。

【注】

[1] 横店圆明新园拥有新圆明园、新长春园、新绮春园、新畅春园四大园区，是一座汇聚中西方文化于一身的园区。

风入松·梅源梯田[1] 之秋

十弯九曲稻饴香，金塔叠山梁。无边秋色层田走，斜阳下、行水流黄。

云接蓝天琼宇，雾牵彩锦新妆。

大千世界醉苍茫，多少入心房？唯吟此处烟霞梦，镰刀声、还割风霜。待到春归台绣，来寻犁快牛忙。

【注】

[1] 梅源梯田位于浙江省云和县，是华北地区面积最大的梯田，有"中国最美梯田"的称号。

风入松·清明

踏风涉雨又清明，寒食盼天晴。桃花落处长长泪，一涓涓、流尽深情。扫墓年年都去，年年路过溪亭。

念思寸寸越云层，寄去四时更。一抔黄土千声语，托红日、再祈先灵。借得山间香火，幽台点起心灯。

风入松·歇牡丹亭[1]

春风邀我入花亭，放眼四方明。姚黄魏紫娇容色，天姿态、一片柔情。夜露轻盈含淡，日曦纤手香凝。

白联虽久迹犹新，醉倒树梢莺。苏公留汗卢园晓，坪前路、湖径鱼声。始得芳香倾肺，终归玉宇心澄。

【注】

[1] 牡丹亭位于浙江省杭州市，园内种植多种名贵的牡丹。

风入松·羊岩山[1]品茶

抹风沐雨又清明，喜见霁光晴。攀山弯道共天乐，一帘绿、十里茶铭。碧尽西岚华顶，馨穷东海门庭。

一芽一叶立婷婷，勾曲媚流情。汤中醇厚蹁跹舞，果然是、栩栩如生。

品赏寒峰名饮，难忘岩嶂勾青[2]。

【注】

[1] 羊岩山位于浙江省临海市，因其主峰侧面好似羊的影子悬挂在山上，故而命名。

[2] 勾青指羊岩山盛产的名茶。

凤凰台上忆吹箫·岁月如酒

溪水潺潺，小桥归路，度过三十春秋。忆短阳弯月，旧事如钩。茅盖泥墙破舍，煎尽了、蜡烛灯流。磨沙石，寒窗脚印，步步难留。

清幽。日轮冉冉，桃李伴新花，艳映门楼。错别来之客，烟柳晕头。惟有亭前溪酒，香似故、还我悠悠。凝眸望，山村晚霞，凤展龙游。

凤凰台上忆吹箫·抒怀端阳

青艾门前，小亭闻粽，古村遐见莓红。尽小楼帘下，日漫窗东。莲叶擎天舞蝶，都道是、万物生风。湖山乐，莺娇细细，燕语长空。

匆匆。岁流唤步，真似梦生烟，去急难踪。适浴兰闲退，归我幽丛。无怨无求无悔，且觉得、地厚天中。尘何断，深情挂牵，宛似清风。

高阳台·咨询十年句[1]

冬雪春花，悠悠十载，钱塘江晚归船。问月何时？宛然花甲之天。气存三寸何高老？难顾休、思砚磨穿。访民生、山海奔波，捉笔深渊。

人生一渡知何处？但星帆点点，学海无边。交友闻师，寒枝栖满群贤。雷峰夕照依然是，借扁舟、醉泛忘年。掩重门，两袖清风，一抹秋烟。

【注】

[1] 吾在步入花甲之后的 2003 至 2013 年十年间，连续两届担任浙江

省人民政府咨询委员会委员。期间参与了许多重大课题的调研及重大项目的论证，撰写了多篇经济社会方面的调研报告、对策建议和社情民意，同时也接触到了不少做人、做学问的专家学者，受益匪浅，是我人生旅途上的重要一站。

更漏子·过风波亭[1]

菊花飘，风竹累，又扫狱亭秋味。雾翠薄，乱云寒，更掀旧事烟。

梧桐酽，似憔悴，零落湖边愁桂。一朵朵，一笺笺，忠魂曜世间。

【注】

[1] 风波亭其名源于岳飞被秦桧谋害，将一代名将岳飞及其儿子岳云、部将张宪在风波亭内杀害的历史典故。

缑山月·省农行机关老干部活动中心[1]

往事越岩阿，何须隐薜萝。人生长戏适开锣。借平台数个，时代曲，晨曦墨，夕阳歌。

楼梯还记当年步，相聚掏心河。增辉能量又如何！看今朝老树，枝叶茂，清泉润，舞婆娑。

【注】

[1] 中国农业银行浙江省分行机关离退休人员活动中心，于 2016 年底在长庆街 55 号五楼正式挂牌，活动场地近 2000 平方米。内设多个活动场所。

归自谣·登白云尖[1]

云雾漫，穷目峰尖风乱眼，凭栏沧海群峦瀚。

清香一阵何处散？思思断，原来脚下山花烂。

【注】

[1] 白云尖位于浙江省泰顺县，是温州第一高峰。

桂殿秋·天一阁 [1]

天阁雨，世楼风。藏书万卷入蓬宫。三江桂子瑶池露，四海文人梦笔通。

思往事，月窗东。流光细细织秋空。园林静静吟诗短，帖刻长长意不穷。

【注】

[1] 天一阁位于浙江宁波市，是亚洲最古老的私人图书馆。其名取自《易经注》中"天一生水"之说。

桂殿秋·有感楚门镇夜间办公制度 [1]

从政路，有几重？心装百姓万途通。为民办事新招实，步出清清一抹风。

【注】

[1] 喜闻浙江省玉环县楚门镇政府推广夜间工作制度，着力剖解百姓办事难问题，密切了党群、干群关系，欣慰之际命笔填词。于癸巳夏。

汉宫春·田间小路

秋收春播，多少田塍路，风雨忙奔。棕蓑草帽，最晓天地晴阴。禾高一寸，孰能知，汗滴三分？泥织满、农家脚步，换来朗朗乾坤。

旧道曾经留迹，便回头忆念，久久追根。年时犹临镜里，两鬓知津。乡愁不断，问星河、可悉吾心？俱老矣、花香稻熟，难忘岁月诗魂。

汉宫春·秋月东湖[1]

秋到东幽，看含苞桂子，似见春烟。瑞风请笛，奏舞落雁一片。斌书
邀月，令今宵、情满人寰。涛不断、依依弄筝，宛如玉兔来弦。

却有莺歌燕语，唱泱泱碧水，音转磨山。鄰波泛舟点点，画蔚天澜。
崔巍柳阁，谁行吟、名播坤乾？多少曲、离骚精妙，最扬荆楚云帆。

【注】

[1] 武汉东湖是我国最大的城中湖，是著名的楚文化交流中心。

行香子·农行问农

融墨秋春，情系乡村。重过了、多少田埂。相传薪火，几代耕耘。纵
数农时，问农计，操农心。

重挑担子，细理莨根。和风沐、山水开襟。创新入梦，尽责如魂。更
联农家，谙农道，伴农津。

行香子·十八大感赋

九十春秋，柱砥中流。清平乐、碧海神州。为民做主，风雨同舟。越
新行程，航行稳，力行道。

浓浓特色，笔笔深筹。看宏篇、正道花稠。巍巍华夏，硕果催收。纵
探山歌，恋山曲，景山幽。

行香子·七十回故乡过年

腊月天晴，旭日霞蒸。回乡路、心切身轻。山村巨变，流水闻莺。过

清溪处，新时景，旧时情。

风牵帘佩，光洒窗棂。几飞鸟、戏点云亭。悠然乘兴，绕步春坪。算开花时，梨花白，樱花盈。

行香子·游东坡赤壁[1]

秋日风轻，催步揽名。江天静、两赋高擎。大江东去，浓墨涛声。卷乱云急，愁云散，醉云生。

亭亭似画，字字如虹。映黄州、万里飞鸿。纵词豪气，旷世澎胸。见旧歌长，史歌舞，壁歌隆。

【注】

[1] 东坡赤壁位于湖北省黄州城西，又名文赤壁，因有岩石突出像城壁一般，颜色呈赭红色，所以称之为赤壁。

好事近·秋雨耕读桥[1]

桥上探诗风，正值弄秋时节。逢雨读书雅事，令世人深切。

美人靠[2]上细观看，晴锄静无歇。望去画文田野，似轻烟操笔。

【注】

[1] 耕读桥位于乌镇西栅风景区，桥意为晴耕雨读。

[2] 美人靠是靠椅的雅称。

喝火令·重游古刹天童

廿载重游地，苍松百里嵘。七层云塔叩洪钟。西晋结茅修寺，太白育天童[1]。

雾漫千间阁，梵宫隐碧穹。舞春林鸟唱灵笼。震旦僧锅，享誉八方宗。数尽九千灯殿，万念此山雄。

【注】

　　[1] 此处指浙江省宁波市天童寺。

河渎神·秋寻雪窦寺[1]

　　千丈雪莲开，霜树金衣巧裁。碧云雾海胜蓬莱，九峰环抱天台。

　　坦腹丛林容可掬，规劝人间非欲。北雁不知归去，寺前还等初旭。

【注】

　　[1] 雪窦寺位于浙江省宁波市，是"天下禅宗十刹五院"之一。

荷叶杯·告别丁酉春

　　又见珠荷娇影，清挺，秀西湖。但忘春季病相乱，愁断，九回初。

贺圣朝·天山池[1]

　　一池碧醑金杯醉，又苍山袖翠。雪峰镜映玉宫修，更一番幽邃。

　　朝朝夕夕，年年岁岁，总留君溢美。稍时归去太匆匆，何日还寻味？

【注】

　　[1] 此处指天山天池，位于新疆维吾尔自治区阜康市，是我国著名休闲旅游胜地。

画堂春·兰亭书风

　　幽林修竹鹅漪池，流觞曲水吟诗。山风吹拂疾思驰，书绝名辞。

　　一序毫惊宫阙，引来多少遐思。人间三月又三时[1]，墨泼兰芝。

【注】

　　[1] 为纪念晋代书法家王羲之，每年农历三月初三都在兰亭举行书法盛会。

画堂春·思冀公^[1]

风霜岁月考华年，毫端一片诗天。长街岂止六毛钱，浩气凌烟。

痴醉一生无怨，阳光洒透心田。云何澎湃梦魂牵？老骥催鞭。

【注】

[1] 2013 年 12 月 28 日，在黄亚洲书院举办的首届大运河诗会，此词为缅怀七月派诗人冀汸而作。

画堂春·诸葛村^[1] 怀贤

蔽山巷陌逸钟池，高隆淡泊风诗。三分雄略万尊师，八阵如斯。

黛瓦青砖墙里，绵延多少良知。岁寒无语对烟丝，傲有霜枝。

【注】

[1] 浙江省兰溪市诸葛村是三国名将诸葛亮后裔的居住地，也是目前保存较为完好的三国时期民居建筑。

浣溪沙·那拉提草原^[1]

流水淙淙白阳坡，香风阵阵蝶迷多，繁花似锦掀凌波。

雪映夕阳红似血，马驰草甸踵如歌，白云深处碧丝罗。

【注】

[1] 那拉提草原位于新疆维吾尔自治区新源县，是世界四大草原之一，生长有百里香等多种植物。

浣溪沙·谒眉山三苏祠 [1]

来凤启贤淡欲无，早秋迷眼谒三苏，瑞莲毕竟晚凉初。

快雨磨章风韵墨，玉壶一把泻沉浮，断肠之处尽诗书。

【注】

[1] 三苏祠位于四川省眉山市，是北宋著名文学家苏洵、苏轼、苏辙所居住的地方，是历代文人骚客汇聚的场所。

浣溪沙·清明述怀 [1]

一捧菊花晓色开，头新土寸心怀，旧时已去掬云埋。

昨夜梦添慈母泪，曾携手燕归来，夕阳西下不知回。

【注】

[1] 乙未年清明扫墓。

浣溪沙·飞来峰 [1]

怪石嵯峨岩岫旌，藤缠古树月牵铃，冷泉喷玉翠珠瑛。

此地若无灵气隐，人间何以见飞峰，洞天一线白云横。

【注】

[1] 飞来峰又名灵鹫峰，位于杭州市灵隐路，北宋苏轼曾有诗云："溪山处处皆可庐，最爱灵隐飞来峰。"

浣溪沙·五月赏杜鹃 [1]

花落花开岁月催，每逢五月恋春归，夕亭枉自独徘徊。

莫道奈何花落去，且迎云锦出宫闱，何愁人世不芳菲？

【注】

[1] 有感"人间五月芳菲尽，华顶杜鹃始盛开"而作。

浣溪沙·浙江金融作协理事座谈会拾句 [1]

一席新歌落碧天，名家携手垦春田，风光千里字行间。

谈论书香花弄曲，交流文笔水磨笺，湖山绘出九重烟。

【注】

[1] 2016 年仲春于杭州宝石山。

浣溪沙·九峰农家乐

涧水涓涓松月斜，四方桌上插梅花，九峰山下好人家。

三味土鸡迷贵客，一壶米酒醉春葩，红晕朵朵映窗纱。

浣溪沙·岁首到黄岩

能调琴弦曲曲开，喜闻功业上新台。深耕融海把心栽。

迈步堤林春欲到，风云往事入情怀。永宁江畔聚英才。

浣溪沙·游东湖

千刀劈开青石山，洞天几出月新湾，水中四起乌篷帆。

借得秋风一半醉，凭栏静梦入波涟，戏台甜曲和丝烟。

减字木兰花·游拙政园[1]

小桥落水，朵朵莲花栏上醉。国色清香，傲立红楼百里墙。

亭台弄俏，宇处嫦娥输窈窕。文苑书妆，装点姑苏鱼米乡。

【注】

[1] 拙政园位于古城苏州，是我国四大名园之一。清朝时期曹雪芹曾居住于此。

减字木兰花·月湖[1]步影

菊花洲上，拾得玉轮情欲放。出水芙蓉，婷立烟波月下浓。

碧穹朗朗，任是高风吹忆往。逸韵清盅，狂客遗篇一岛荣。

【注】

[1] 月湖位于宁波市，是历代文人墨客荟萃之地，唐代贺知章、北宋王安石等都在此留有足迹。

江城子·鹳雀楼远眺

危楼拍翅耸河东。笛声空，九天宫。目穷千里，秦晋醉秋中。烟树蒲津今胜昔，舒远处，万花拥。

江城子·南湖颂[1]

红船号角震长空。日升东，月强弓。开天辟地，革命气如虹。古国逢春华夏梦，龙起舞，咏天宫。

[1] 2011 年 5 月 11 日参观南湖革命纪念馆（新馆）有感而填。

江城子·农村电影队纪事[1]

翻山越岭路千冈。汗流苍，步难忘。夜当白昼，银幕染成霜。晒谷场东人挤挤，明月夕，巷空凉。

【注】

[1] 余在 20 世纪 60 年代曾当过农村电影放映员，农民追求文化生活的迫切需求、晒谷场上放映电影的动人场面至今记忆犹新。

江南春·住院[1]

风疾疾，雨潇潇。床头三粒药，窗外九寒潮。身心无病神仙态，何不驰云游碧霄？

【注】

[1] 2017 年 1 月 11 日于浙二医院。

江南春·月夜

山静静，月辉辉。孤舟江上泊，横写一枝梅。清河塘上情人恋，惊动芦丛双鹭飞。

金缕曲·感屠呦呦获奖

自古秋云洁。更今年、青蒿花盛，普天同约。万岛[1]鹿鸣神力草，功庆众生抗疟。赞人间、灵丹奇药。一抹夕阳红似火，展风尘八十春晖业。路漫漫，步明月。

回眸只道光阴跃。数时钟、分分秒秒，驱疴情切。权将水瓮当容器，冒险亲尝感觉。尽使命、心坚如铁。辗转艰辛难眠夜，读葛洪留世中华帖。医学典，杏林阕。

【注】

[1] 此处指瑞典。

金缕曲·怀诗人陆放翁 [1]

梦系山河步。笔凌云、鸣空自许，志倾笺埠。家国难圆风雨碾，墙柳无情叹诉。不睡月、吟诗烛渡。未报国仇身先老，令毫端砍断千竿路。亮剑舞，拔天柱。

梅花力尽无穷悟。碾香尘、春光绝妙，清香如故。挑柴种瓜闲趣伴，不废田歌野赋。骑竹马、随耕咏鹜。笑待人生忧与乐，示儿辈北定王师著。传世句，岂能数？

【注】

[1] 陆游是南宋爱国主义诗人，留诗近万首，是现存诗词最多的文人。

金缕曲·漏夜耕读

山雨潇潇急。晚秋风、捎寒折柳，柏松淅沥。灯下翻开书一卷，摇起三支兰楫。细细读、圈红走笔。水调歌头声韵捉，对沁园春里长长笛。漱玉句，积床席。

窗耕吟稿催人逸。启思流、奔腾入海，梦帆空碧。几曲狂歌涛上唱，自蹈波光浪迹。功不到、频频借力。阅尽青诗谙今古，感岁月如刀衷衷逼。天晓白，是何夕？

酒泉子·喀纳斯[1]

天净地鲜，湖上满山葱翠。水想狂，花欲睡，雾丝缠。

一壶清酒溢寒田，流出万千柔媚。醉金桦，箫鼓沸，白云甘。

【注】

[1] 喀纳斯位于新疆维吾尔自治区布尔津县，有"人类净土"的美誉。

酒泉子·长沙

湘水梦长，遥见碧天星月。望新空，淹旧夜，杜鹃[1]香。

雨花流岁挽衷肠，抛去却还人约。世情逢，芳未歇，沁山阳。

【注】

[1] 杜鹃花为长沙市的市花。

浪淘沙·读黄亚洲小说《雷锋》

泼墨握云松，笔落千重。人间忧乐赞雷锋。手煮电流身置外，血唱心钟。

琐琐切人人，感念无穷。难平最是走匆匆。一曲长歌花更好，姹紫嫣红。

浪淘沙·纪念秋瑾[1]就义一百周年

湖水祭英魂，思念深深。西泠桥畔万民心。视死如归千古杰，壮也秋君！

巾帼侠风身，长照星辰。笑看天地万花新。慰告先人千里目，伟也秋君！

【注】

[1] 秋瑾祖籍浙江绍兴，是近代民主革命烈士，自称"鉴湖女侠"。

浪淘沙·问田

春到地时更，忙了农耕。栽苗凭靠外来工。今年稻香身是客，知有谁踪？

人远草荒丛，此计难穷。读书童少七旬翁。膏沃良田呼策促，留与谁种？

浪淘沙·香港回归十周年

荆紫舞神龙，江月豪空。国存两制意深浓。沧海明珠归思曲，久久碑功。

旧梦怕寻踪，痛史煎胸。欣看已是去了蛩。今日扬眉千载咏，古国新钟。

浪淘沙·游泸溪河 [1]

迎客半娇羞，五彩轻舟。风儿吹展幔崖浏。尽落凉溪共水倚，夏日如秋。

桃露水中收，欲摘还留。漓江移步客龙洲。问赏红峰曛岩石，谁拔头筹？

【注】

[1] 泸溪河发源于福建光泽原始森林，两岸景色优美，乘船游览其景，宛如置身山水画中。

浪淘沙·遵义会议

军急唤东风，心似潮澎。琵琶桥畔宇雷声。雾散云开霾化去，天地逢生。

革命转关中，重瓦从容。危难见证史秋功。举起红旗长路越，明月星空。

浪淘沙·镇海口海防历史纪念馆[1]

忆史话雄关，犹见狼烟。仁人志士血飞帆。抗敌驱倭天地勇，声震人寰。

巍立白云间，守我江山。沧桑巨变古城酣。威远遗风花更好，东海欢颜。

【注】

[1] 镇海口海防历史纪念馆位于浙江省东部，是著名的历史遗迹。当时我为建馆曾捐薄资，有幸刻记在馆内。

离亭燕·冬至

兔跃鸟奔华夏，消九去寒图画。南日至长多少事，尽入万家灯话。亚岁[1]庆新阳，兴满竹篱流亚。

律管黄钟[2]迎腊，雪梅冷葭容发。蒸豆热糕圆子品，寄愿往来牵挂。二除夜[3]楼人，耐等玉轮西下。

【注】

[1] 冬至俗称亚岁。

[2] 黄钟，我国古代音韵十二律中六种阳律的第一律。

[3] 二除夜指冬至前夕。

临江仙·天歌之光 [1]

笔破千家耕墨海，韵开万木生春。寒江钓雪一奇人。才华横溢，七十比鹏鲲。

情入丹青无俗恋，善心直济云岑。宾王后代好儿孙。彩霞毫气，尽洒绿杨村。

【注】

[1] 谨以此词祝贺骆光寿大师七十寿诞并书画作品展。骆光寿，中国知名书画家，是初唐四杰骆宾王的第64代孙，中国美术家协会和中国书法家协会会员。此诗作于丁酉秋月。

临江仙·湖山花月夜 [1]

悠悠湖山花月夜，柳烟染尽秋空。水中化蝶恋情浓。玉宫流曲，韵数采茶风。

今夕画船连碧叶，喜了天鹅无穷。人间一舞六桥通。五洲惊艳，笑付月光中。

【注】

[1] 2016年9月4日晚上，西湖曲院风荷G20杭州峰会文艺演出《最忆是杭州》观感。

临江仙·总行老干部局成立书怀 [1]

六十春秋流水去，龙年开出新花。蕊烟绚烂卷云霞。琼楼箫吹，奔走有了家。

多少回眸人事改，夜阑梦沏清茶。如今岁月尽风华。拥行兴业，歌在夕阳斜。

【注】

[1] 2012 年春，在中共中国农业银行党委和蒋超良董事长的重视、关心下，农总行成立了离退休人员管理局，老同志奔走相告，成为龙年农行一大喜讯。

临江仙·嘉峪关 [1]

巍势长城廊柱耸，气书天下雄关。祁连冰雪素相搀。风霜天地路，日月彩云帆。

古代战征多少梦，风沙无数尘烟。如今戈壁展新颜。清泉蜂蝶舞，塞上换人间。

【注】

[1] 嘉峪关位于甘肃省嘉峪关市，是明长城重要关卡，以地势险要著称，是现今保存最为完好的古代军事堡垒。

临江仙·西湖联谊 [1]

西子新装迎旧客，凌波轻舞骄阳。追思往事话音长。轻抚三十载，心尽鬓丝量。

匆别时光相语少，散闲更挂牵肠。几声愿景胜琼酿。但祈人唱久，茶煮月山昂。

【注】

[1] 戊子年仲夏，西湖荷花盛开，农业银行财会系统联谊会在西子湖畔召开，来自全国各地的三十多位同志参加，回顾农行恢复三十年来走过的光辉历程，追忆历史，畅谈友谊，相互问候，情深义长，阔别几十年后的场面十分感人，特填词一首助兴。

临江仙·新编越剧《屈原》入围中国戏剧节 [1]

一代诗宗鸿昊志，秭归鹰搏长空。汨罗东去望无穷。楚辞流世，魂壮碧天风。

越剧百花芳斗艳，越梅香沫苍穹。情牵故国岁寒松。高风亮节，尽在舞台中。

【注】

[1] 2017 年 5 月，由绍兴小百花剧团新编的越剧《屈原》顺利入围第十五届中国戏剧节，该剧作重塑了古代思想家、政治家屈原的形象。

临江仙·中秋探母

年到中秋心气滚，轻车风急飞奔。潺潺泉水苦吟身。推门开步静，见面泪淋淋。

辛汗一生流额径，就愁儿走关门。冷知暖晓是慈亲。不吟明月曲，只拨感恩音。

临汀仙·凤山水门 [1]

六部桥头秋色重，忙了千载城门。龙山搬水运河勤。青苔牵古墙，丝柳绣烽墩。

遗产世间非日计，正阳岁月流芬。天堂难得此瑶琨。立碑存史处，醇酒满杯斟。

【注】

[1] 此处指位于杭州的古老城门凤山门，是南宋官署的驻扎地。

柳梢青·贺浙商银行总资产超万亿元 [1]

乙未纯乾[2]，钱塘竞马，万亿归田。思路清新，势如破竹，汗水犁颜。

天时正顺风帆，抓机遇、何愁不先？好戏连台，春华秋实，更待来年。

【注】

[1] 2015 年 5 月 18 日（农历乙未年四月初一），浙商银行总资产首次超过一万亿元。

[2] 农历四月别称纯乾。

柳梢青·岳阳楼怀古

百尺云观，巍骑洞瀚，气拔广渊。城锁归舟，秋云入色，吴楚风帆。

领驰九水君山，唱天下、忧川乐湾。鼓角雄关，名贤古砚，冰净毫端。

柳梢青·咏茶

明友龙芽，名冠天下，雀舌堆华。碧水丹青，穹宫玉翠，十里流霞。

都言平淡生涯，陆公[1]试、根清润佳。舟叶燕飞，止心若水，深吞人家。

【注】

[1] 陆公指陆羽。

满江红·神舟九号首次载人空间对接

舟吻天宫，三江奋、五洲横笛。长夜梦、太空行走，喜圆今夕。赶月追星奔万里，跋霄涉阙挥千笔。羡玉宇、速客伴冰轮，无穷碧。

炎黄孙，重九立。翔瀚海，鹏鲲翼。驾惊涛骇浪，拔山神力。壮志敢教苍昊事，银河任我穹青楫。越从容、古国总春华，凌风逸。

满江红·遥望永暑礁[1]

琼碧雄关，自古是、中华海岳。蓝色土、岂能分割，不容凌虐。粉面
豺狼痴梦遣，张扬航母横行切。搅混水、通道掀风波，鲸鲵孽。

正义在，先祖业。情犹炽，坚如铁。守南疆勇士，掏心碑血。愿做礁
盘沙一粒，敢摧巨浪涛千叠。看不厌、小小太阳花[2]，香云阙。

【注】

[1] 永暑礁是中国南沙群岛的一个环形珊瑚礁，众多解放军战士几十
年如一日地在此驻守，用青春书写"天涯哨兵"的华美篇章。

[2] 太阳花是永暑礁礁花。

满江红·咏东湖梅岭 1 号[1]

松啸飞龙，腾空舞、白云黄鹤。多少夜、掌灯迎日，运筹帷幄。萝卜
青苗邀贵客，木床轻桌挥浓墨。旧话机、长伴在身边，金光烁。

东湖好，情朴朴。衣补补，钉钉作。算区区火柴，盒装天阔。强国立
身天地恸，为民熬苦人间乐。泪难禁、海岳唱长歌，春风陌。

【注】

[1] 此地是毛泽东主席生前办公居住的主要地方之一。

满庭芳·四明山[1]

峦满苍松，崖生桧柏，挂虹飞瀑长廊。直观云海，繁景布遐荒。远处
州城幛幔，看不尽、浩浩三江。怀中镜、轻舟载月，百里桂花香。

沧桑。驱敌寇，风雷骤起，血染方窗[2]。璀巍四明山，日月星光。唤
起苍生万众，奔大道、天地新装。青峰处，春鹰横绝，仙客捧霞觞。

【注】

[1] 四明山位于宁波，因日月星光透过大俞山峰顶的四窗岩形成四个明亮的点，故此得名。

[2] 方窗指四窗岩。

蓦山溪·大九湖[1] 湿地公园

苍龙九会，争饮神酿醉。翠雾入平湖，黑水河、天坑分水。菀花开处，看不尽风光，蛮百卉。千寿树，野果呈祥瑞。

高原草地，云海菁葭美。昔日点雄台，战鼓息，烽烟早散。朴纯荒古，日月祉精华，闲世外，称拔萃，汉江源头媚。

【注】

[1] 此处指神农架大九湖，该地位于渝鄂交界之地，拥有众多历史古迹。

木兰花·病事

鬓丝已白难驰骞，生老病随磨细碾。明知此事万人关，却练青锋三尺剑。

泰然应对求和扁[1]，但有心情筋骨健。借来元朔静如禅，转眼月轮廖廓满。

【注】

[1] 和扁，古代良医和与扁鹊的合称。

木兰花·岁沐诗田

斗回今夕丰年酒，岁起明朝风信柳。九寒试笔咏冰梅，元始调弦歌彩岫。

萧疏白发添新秀，无奈流光翻夜昼。诗耕梦约把春犁，想是晓鸡催故旧。

木兰花·探宁波植物园[1]

时令小雪啼莺闹,花缀长廊藤未老。菊园争艳九穹香,水上森林春影倒。

旧时记忆轻烟绕,此地难分河与道。应歌栽树有心人,爱向花丛留一照。

【注】

[1] 宁波植物园位于浙江省宁波市镇海新城。丁酉小雪时节,余去植物园,似有春光烂漫的感觉。

木兰花·谒张苍水墓[1]

隐名铁骨南屏寄,家破人亡风信闭。青山净土可埋忠,血海沉冤磨雪洗。

墓前小草花飞泪,遥祭岳于共玉碎。西湖三杰壮悲歌,留取丹心天下最。

【注】

[1] 张苍水墓位于杭州市。张苍水与岳飞、于谦合称"西湖三杰"。

木兰花·贺虹国友六十寿诞[1]

长虹贯气披朱绶,六十春秋铭岁酉。深耕融海历艰辛,厚德予人轻拂袖。

风云岁月能回首,丝竹箫声怀故旧。为君举酒揽斜阳,野鹤闲云留夕昼。

【注】

[1] 2018 年岁首于宁波。

木兰花·送故人[1]

风清云海横峰渡,忽报人间今殁故。汉阳[2]落泪洒鄱帆,炉岫[3]有情燃紫素。

分明垂钓披蓑仆，公道心肠忘苦楚。匡庐借得一山香，放鹤送君西去路。

【注】

[1] 丙戌年六月二十六日，余在江西庐山开会，忽闻故友鲍贤明谢世，悲痛万分，填词西送。

[2] 汉阳指庐山最高峰——汉阳峰。

[3] 炉岫指香炉峰。

木兰花·宿镜泊湖

粼粼湖水平如镜，千丈银帘飘月影。清波日照绿如蓝，青岭月笼山更静。
水楼小榭霞光醒，晨鸟双飞花木盛。月湾一宿梦三春，北国依依湖上景。

木兰花·印象刘三姐

九天星月邀山水，舟叶竞台箫鼓沸。歌声似海曲如潮，音落东山西岭对。
山歌阵阵清香惠，玉宇嫦娥心亦醉。山歌漾漾五洲风，唱尽人间真善美。

木兰花·咏明月清风

人生羁旅如舟叶，劲楫摇穷风与月。百年人世百年天，千里清风千里月。
清风送耳烟波接，明月入怀心肺烨。归帆莫负有情人，明月清风生小约。

木兰花·游钱江源

莲花尖上清凉散，九涧十潭春色晚。飞瀑直泻日如晶，暝雾空朦轮月辗。
借来霁夜阴晴半，蓦见锦绫书画卷。鸟归林寂水潺潺，百丈魔崖帆点点。

木兰花·中秋寄友

人生易老月无老，又是一年秋节闹。莫言几度夕阳红，晚彩满天霞更好。
桂飘香露流珠早，电信贺秋心用稿。莫忘今夜月儿圆，弄曲嫦娥弦不少。

木兰花·教师节有拾

又翻一页春风历，甘作人梯心血碧。护苗只望李桃芳，化雨讲台无悔力。
润兰滋蕙时光惜，月夜萤窗灯伴笔。今年犹忆旧年春，景色满园甘露滴。

南歌子·永世不忘一九四三年 [1]

满满中秋月，菇茹乳燕泥。哇哇落地娘身栖，天地恩情滚泪永相依。

【注】

[1] 余出生于1943年中秋时节。

南歌子·玉兔步月 [1]

一夕千年梦，风光地外车。虹湾 [2] 迎客谱新歌，从此妩娇玉兔伴嫦娥。
念念神州嘱，殷殷六合和。他乡对故笑声呵，互照五星旗帜炫银河。

【注】

[1] 此处指玉兔号月球车。

[2] 虹湾是月海之一。它的名字来源于拉丁语，意为"彩虹之湾"。

南乡子·兰花村 [1] 小景

十里溢青苍，兰荫深深水发香。山鸟几声幽谷静，贻芳，蕙草牵人醉故乡。

三月弄春光，日暖风和蝶袖长。桥北茶楼窗树下，跄跄，溪畔人家花事忙。

【注】

[1] 兰花村位于浙江省兰溪市，是我国主要的兰花培育基地。

念奴娇·小住南麂岛 [1]

海天晨早，见晴空万里，云无流色。碧水琼田千万顷，凉送三秋花册。桂魄飞来，白鸥翔去，人似神仙客。静看游鱼，戏佻波舞作乐。

今夕七斗星光，苍穹素月，烟树皆澄澈。信步独吟风露下，由我放声诗拍。尽挹东溟，极毫韵墨，难展清悠国。凭栏观浪，且听宫阙琴瑟。

【注】

[1] 南麂岛位于浙江省东南部海面，是我国首批海洋类型自然保护区。

念奴娇·浙商银行 [1] 建行九年感赋

匆匆九年，见晴空万里，思长秋碧。多少英才书史业，挥动劲苍雄笔。情系民生，墨融社会，绘体强双翼。大江南北，点成银铺历历。

任自盛夏寒霜，浪潮漠漠，稳把行舟楫。帆挂创新耕竞海，百舸喜闻悠笛。洋纳千川，精勤效事，云锦心心织。请盅邀月，赏看渔晚歌夕。

【注】

[1] 浙商银行是浙江省唯一一家总部设在当地的全国性股份制商业银

行，成立九年来取得了一项又一项的殊荣。欣喜之余填词一首，以为见证。

念奴娇·天涯海角 [1] 随笔

登山马岭，约风海兰瀚，涛花光霁。古道天涯千里路，多少辛酸追忆。魂断征鸿，荒滩露冷，休想归心寄。雄崎海角，刻咽悲剧传记。

盛世游客依依，椰林娑丽，妆影帆舟楫。怀古苏亭诗咏笛，皆唱春堤西施。柱墨遗篇，浪醇珠璧，勾起千层意。南疆横画，借来何处神笔？

【注】

[1] 天涯海角位于海南省三亚市，附近建有怀苏亭，是为纪念苏东坡被贬海南岛而建。

乌夜啼·卖老宅 [1]

泥墙虫唧嘈啾，几时休？过夏御冬今夕付东流。

抹不去，乱风絮，拂乡愁。只觉一腔酸味洗心头。

【注】

[1] 为养家糊口，无奈将百余年遮风避雨的泥墙旧居卖掉，内心久久不能平静。

破阵子·庆祝解放军建军九十周年 [1]

八一惊雷亮剑，军旗漫卷连天。二万里声扬四海，九十年名壮昊寰。功昭家国安。

正义之师威武，铁肩能挽狂澜。了却和平天下愿，容我江山千固颜。强军挂快帆。

【注】

[1] 每年的 8 月 1 日为中国人民解放军建军节。

菩萨蛮·山间观泉

水流乱石溪开蕊，蕊开溪石乱流水。泉彩染霞烟，烟霞染彩泉。
翠珠晶玉碎，碎玉晶珠翠。闲日半归溪，溪归半日闲。

菩萨蛮·苍天泪[1]

清晨雨骤风声急，祖堂门口伤心沥。兄逝恸苍天，泪珠灵柩淹。
檐头流不息，邻里吞声泣。松柏盖南山，相逢长梦间。

【注】

[1] 2017 年 3 月 13 日清晨，兄出殡，狂风暴雨，天地流泪，十里乡
邻无不动容。

菩萨蛮·老伴

治病祛疾心成药，云游四海何愁脚。烹菜煮汤茶，熬煎双鬓华。
床前风雨夜，数点钟声歇。擦背又提壶，相依天地初。

菩萨蛮·楼高宁穿路[1]

柱楼东耸云驰路，路驰云耸东楼柱。风顺看潮横，横潮看顺风。
步新添海曙，曙海添新步。铭鼎一心凝，凝心一鼎铭。

【注】

[1] 此处指中国农业银行宁波市分行办公营业大楼，曾号称"江东第
一楼"。

蛮萨蛮·华顶拾景

烟林漠漠人如织，花团簇簇凌风逸。百叶拥莲花，娑罗[1]裳最华。

墨池兰桂驿，天树生花笔。太白读书堂，诗杆摩上苍。

【注】

[1] 娑罗指云锦杜鹃。

菩萨蛮·嫦娥一号赋[1]

浩渺苍耸天宫阙，古言无骋凭栏藉。却有梦千期，影踪诗里谜。

箭神插翼去，送去三途曲。轻舞伴嫦娥，广寒追月歌。

【注】

[1] 2007年10月24日18时05分，嫦娥一号升空，中国探月启程，千年奔月之梦，今天叩问苍穹。

菩萨蛮·秦淮河

春风一渡铭桃叶，乱世八艳惊天阙。旧月照楼台，新花倚水开。

关山无可畏，志在初阳岁。今夕客秦淮，华光入梦怀。

菩萨蛮·青藏铁路[1]

雪域天路长长笛，神龙一越明明月。春色竞青苍，牧民觞寿康。

千年魂梦蝶，世纪清平乐。新帖写沧桑，高原游醉乡。

【注】

[1] 青藏铁路东起青海西宁，西至西藏拉萨，是世界上海拔最高的铁

路，因此也有"天路"的称号。

菩萨蛮·山路弯弯

山湾九曲沙如铁，寒霜更带西风烈。半夜月拥楼，有人门外愁。
如今公路筑，隧道通幽谷。飞鸟笑弯溪，绿杨烟水堤。

菩萨蛮·月山桥影 [1]

金钩一曲山弯寂，六桥暝色银河夕。举水请如龙，风来浏水中。
双双风雨笔，一一潇潇笛。相约小村东，望穷流月空。

【注】

[1] 此处指位于月山村的廊桥月山桥。

菩萨蛮·赞南浔农行文明学校 [1]

江南小邑文明水，校园香蕊风云媚。花放万家红，吹开一路风。
育人如照镜，贵在天天净。何物最相安？月江归晚帆。

【注】

[1] 20 世纪 90 年代，南浔在经济迅速发展的同时，一度滋生一些丑恶现象。为了提高员工的素质，农行南浔支行行长张建新带领农行员工组织学习，有力地推动了两个文明建设，在全国农行系统引起了强烈反响。

菩萨蛮·草原城 [1] 之夜

蒙古包里欢歌舞，异乡醇酒春波绿。塞外月明明，乡亲挥笑声。
有人吹断笛，只道银河夕。把酒问来人，天空几片云？

【注】

[1] 草原城位于内蒙古自治区呼和浩特市。

千秋岁·悼念周总理

噩浑惊众，华夏哀声恸。朝野泪，悲潮涌。中华梁栋失，天地山河痛。星陨祭，鼎功盛德千秋颂。

尽瘁虹天日，躬鞠亲民事。音貌在，清风史。剑锋丧敌胆，四海川胸志。追日月，古今相行谁人似？

沁园春·纪念农行恢复四十年 [1]

四秩春秋，岁月农行，海宇载光。看神州大地，城乡网联，护蓝增绿，生态新妆。固锁初心，支农扶小，俯首三农重担当。骋风浪，与民营经济，砥砺同航。

征程如此辉煌，令时代旌旗高处扬。喜铁军队伍，奋流使命，凝心追梦，鞭策龙骧。改革创新，自强自信，勇立潮头壮志昂。共撸袖，挥复兴巨笔，再续华章。

【注】

[1] 1978 年 12 月，党的十一届三中全会中做出了恢复中国农业银行的重要决策，拉开了我国农村金融改革的序幕。到 2018 年，中国农业银行恢复四十年。

沁园春·西湖船娘

湖掬楼台，岸飏花枝，日出海东。驾小舟一叶，甜歌轻唱，跳珠魂溅，鱼醉芳容。穿梭风光，迎来送往，缺月弯弓归路中。天长久，载娇娘身影，西子共荣。

当今游客如云，又无数诗笺话水踪。咏三秋桂雨，悠悠柔橹；苏堤春晓，桨韵重重。片片裙帆，丝丝美景，船上红装不没功。要知道，有几多辛汗，洒落苍穹！

沁园春·观越剧《陆羽问茶》[1]

朝剪春芽，暮采秋霞，万丈淡清。履东庐西峡，北嵩南岭，饮泉嚼翠，问道《茶经》[2]。山野村夫，凌霄壮志，可与天公比励精。流光走，喜巨篇留世，千古垂青。

茶香飘落民家，伴爽气长存岁月增。最杯舟苦涩，花笺养性，茗瓯立德，玉宇心澄。茶事茶人，茶门茶品，如净芸生和善风。吾何求，访幽轩未晚，茅舍闲翁。

【注】

[1] 越剧《陆羽问茶》展现了茶圣陆羽"淡泊名利、潜心问茶、立志写经"的形象。

[2] 《茶经》是现今世界上最全面的介绍茶的专著，被誉为"茶叶百科全书"。

沁园春·华顶云鹃[1]

五月华峰，万丈春烟，换尽岫天。令茫茫碧海，荣枝竞发，妆红点点，花团簇簇，灯举云间。粉若芙蓉，姣似清荷，媚绝人寰岁月淹。云中沐，有娑罗香伴，芳晚魂牵。

骄阳移上三竿，忽迷雾濛濛琪树迁。见白云缭绕，碧桃隐现，瑶台花景，华厦奇观。莲步风姿，独轩寒峭，超脱凡尘一路仙。思归否，问九洲游客，谁不流连？

【注】

[1] 华顶山位于浙江省天台山，山顶所生长的云锦杜鹃树姿优美、花色娇艳，堪称华夏奇观。

沁园春·相聚九峰山 [1]

北雁南飞，又见轮回，五十六年。值九峰秋色，云高气爽，蝶亲金菊，风舞松烟。载酒龙溪，喧寒问暖，相识何曾在此间？无情水，染同窗岁月，鬓发霜颜。

依依泪溢胸田，有多少愁思醒梦帘。幸耳明目悦，老能所为，家种五福，勿负群贤。相见时难，匆匆话别，留得冰心可鉴天。披衣处，看人生归晚，霞洒晴岚。

【注】

[1] 2015 年 10 月 27 日，秋高云淡，百果飘香，原镇海县第六初级中学首届毕业的同学近五十人，在阔别了五十六年后相聚九峰山网呑景区，共话峥嵘岁月，追忆流水时光，重叙同窗情谊，同斟美丽斜阳，余拾词一首助兴。

青玉案·春夜过富春江 [1]

凌波一路花千树，见岸晚、风中雨。片片芬芳江底渡。玉轮东起，竹箫篱户，惊动春知鹜。

青山静静看春夙，峰影漪漪与鱼舞。试问人寰能几处？一川丝柳，满津烟絮，此地听柔橹。

【注】

[1] 富春江为浙江省中部的河流，黄公望曾作名画《富春山居图》，展现了富春江一带的美景。

青玉案·谒江心屿文天祥祠 [1]

　　春风一夜花时雨，被铺得、芳尘路。留居江心三里雾。复兴雄志，岂堰旗鼓，碧血丹心著。

　　瓯江滚滚看春暮，留下惊天国公句。抗节成仁千古竖。抚今追昔，汗青砥柱，正气凌风树。

【注】

　　[1] 文天祥祠位于今温州江心屿，是为祭祀南宋文天祥所建造的建筑。

青玉案·三峡大坝

　　万年江石横空出，滚流截、长龙伏。烨笔平湖怀若谷。梦魂深晚，春波新绿，醒忆中华夙。

　　飞云过处摩天鹄，三斗坪 [1] 开五湖熟。劲步萧萧千里目。蓦然回首，百艘竞逐，燕子花营筑。

【注】

　　[1] 三斗坪位于湖北省宜昌市，旧时传说有人曾以三斗米开店，故名三斗坪，现此处为三峡大坝所在地。

清风八咏楼·读《乡村岁月》 [1]

　　泼墨见青山，字字旧时情，毫端深呑。一缕清风好。喜八旬老翁，倾言存草。抚今追昔，忆岁月、凭栏吟道。似烟雨、春夏秋冬，不知坎坷多少。

　　霜星偏爱人杰，几长夜无眠，漏声晨鸟。啼林催早。最农家共梦，太圫 [2] 香稻。奔途迢险，纵先河、模具 [3] 幽抱。莫停手、举起金杯，掩卷醉樽同翱。

【注】

[1] 谨以此词献给《乡村岁月》的作者、原镇海县塔峙公社党委书记、原镇海县文教局局长、宁波市北仑区司法局原局长乐小康先生，并祝贺他的八十寿诞。

[2] 太垱系低洼贫瘠的水稻田畈。

[3] 模具泛指生产模具的社队企业。

清平乐·悼张公[1]

如雷震阒，折断伤心雨。九里霜松离别绪，追问英灵何去？

香江一唱云鹏，玉泉兴学青峰。博学根深千丈，济人亮节高风。

【注】

[1] 浙江大学党委原书记、新华社香港分社原副社长、浙江省人民政府经济建设咨询委员会原主任张浚生先生，因病于 2018 年 2 月 19 日 15 时 15 分逝世。吾当夜冒雨赶到设灵堂的浙江医院吊唁，泪拾此句。

清平乐·立冬寄语[1]

七年寒暑，心随风潮步。明月三江云水处，谁在这边擂鼓？

来时雾问秋匆，去程虹挂长空。莫道光阴难系，情留东海初衷。

【注】

[1] 丁亥年立冬，赠献明友调离宁波农行即赋。

清平乐·九月九日[1]

难忘岁旧，却又逢重九。不是先贤除恶莠，何来佳酿美酒！

九洲水绿山青，江河万里生情。雨润初心基石，风听共享公平。

[1] 谨以此词纪念毛泽东主席逝世四十周年。

清平乐·闽西土楼[1]

急风顶雨，直向西山举。漏夜长长离梦去，永定醒光逸趣。

土楼巧夺天工，百年旧貌恢宏。王子圆门璀璨，留了神绣遗踪。

【注】

[1] 闽西土楼是客家族传统建筑。

清平乐·北海银滩[1]

北澜云漫，风卷椰林烂。浪击银滩千叶乱，晖点泳装无限。

潮退沙露妆台，几鸥频戏新裁。南国此多壮美，尽凭大海胸怀。

【注】

[1] 北海是我国首批沿海开放城市，是古代"海上丝绸之路"的始发地。有"氧吧"的美称。

清平乐·戈壁绿洲[1]

碧如翡翠，泉漫清心醉。祁连雪情培百卉，一片菜花金蕊。

旧时戈壁沙滩，如今流水潺潺。怎说大漠无潋？且看秀丽东澜。

【注】

[1] 戈壁绿洲指嘉峪关市。

清平乐·南京

古往今是，风雨多多事。滚滚长江流水逝，浪雪堆成诗史。

天师百万雄戎，古都枯木生荣。楼晚清风新曲，钟山 [1] 天下为公。

【注】

[1] 钟山位于南京市东北郊，因其山上有紫色岩层，故也被称为紫金山。

清平乐·神农架

雾山绕髻，风雨存神脊。古木参天花亦力，费解其中谜笔。
天播原始洪荒，野人传露云冈。不求酒楼清静，但愿古朴流芳。

清平乐·雪中送款 [1]

银龙狂舞，雪压青松谷。民众深山遥等助，那怕漫天飞阻！
肩背钱袋千斤，挣来水汗融身。一句冷暖问得，胜过三月阳春。

【注】

[1] 年轻时在农村信用社工作，当时没有运钞车，自行车是最高档的交通工具。是年连降大雪，深山雪高数尺，信用社运钞极其艰难。

清平乐·谒满洲里红军烈士纪念塔 [1]

北疆门户，昔日强人恶。烈士唤来晨早曙，从此人间欢度。
八方车路陲垠，满城商贾如云。万顷呼伦湖彩，尤多乐业新闻。

【注】

[1] 满洲里位于内蒙古自治区呼伦贝尔大草原，拥有蒙、汉、鄂伦春等众多民族。1945 年 8 月 9 日，苏联红军解放了满洲里，为了纪念在战斗中牺牲的苏联红军烈士，便修建了苏联红军烈士纪念塔。

鹊桥仙·访园周村 [1]

会稽之秀，两湖之美，水里莲花甘澍。小桥流水楫幽舟，鸟避雨、涛林修竹。

长城脚下，亭台楼榭，更有幢幢别墅。十年磨得剑锋芒，令巨变、民丰村富。

【注】

[1] 园周村位于浙江省永康市，自元朝起，园周村也被称作"水里莲花村"。

鹊桥仙·山城 [1] 之夜

灯楼灯曲，灯船灯塔，如月如花如画。斑斓烟漫彩妆桥，载不尽、山城冬夏。

珠光闪烁，虹霓生笔，似梦似醑似洒。朝天门外水东流，却胜似、巴渝金砑。

【注】

[1] 山城即重庆。

鹊桥仙·那拉提草原

芳草蒨蒨，百花驰想，骏马驰骋牧场。空中草菀赛江南，见毡内 [1]、新茶奶酿。

林中豪杰，野原魁首，千岁胡杨 [2] 盘盘。巩河 [3] 有幸载莹君，又道是、风姿别样。

【注】

[1] 此处指哈萨克族民间建筑毡房。

[2] 胡杨又称"胡桐"等，以耐旱著称，被称为"沙漠的脊梁"。

[3] 巩河位于伊犁州。

人月圆·初阳谷 [1]

日曦于谷洞天早，往事问朝晖。年年岁岁，晨光作伴，三窍无亏。

阳冰独步，倪翁有幸，百世青垂。好溪隐府，风清欲静，流篆
长飞。

【注】

[1] 初阳谷位于鼎湖峰西练溪边初阳山上，由并列的倪翁洞、米筛洞、
读书洞三洞组成，曰"阳谷三窍"。

人月圆·赞东阳木雕《航归》 [1]

海天一色霞光灿，万里好江山。青松不老，群鸥展翅，曲弄航帆。

千梅怒放，蕊红吐翠，纤手同澜。祥云似火，归舟彻晓，古国
心湾。

【注】

[1] 东阳木雕《航归》是中国工艺美术大师陆光正的力作，当年被
浙江省人民政府选为赠送给香港特区政府的礼品，是东阳木雕中的精品
之一。

如梦令·火焰山

百里热风飞马。四季难分冬夏。四海第一山，难求清风凉榻。奇讶，
奇讶，人却涌动山下。

如梦令·上学[1]

包内旧书新藏，悄将布鞋平放。路上饱风霜，更是脚磨沙浪。休荡，休荡，上学已滋天赏。

【注】

[1] 幼时由于家境贫困，我舍不得穿鞋。上学时将娘一针一针缝的布鞋放入书包，走十多里的沙石路，到校洗脚后穿鞋进入教室，冬天双足冻疮肿痛难忍。上学虽苦，但却磨炼了发奋学习的意志。

如梦令·中南海试技[1]

昨接试机叮咐，惶恐班门玩斧。电脑代人工，恰似小孩开步。行不？行不？幸喜点头花露。

【注】

[1] 2000年5月29日，应国务院办公厅邀请，我和同事一行四人赴中南海作管理信息系统演示汇报，得到国务院办公厅有关领导和专家的充分肯定，有的技术被采用。

阮郎归·病中吟

寒风今夕削门窗，丝丝牵月光。雁声犹带晚秋霜，韵来野菊黄。
搜字句，细裁量，我言自己狂。平平仄仄结成行，病歌更断肠。

阮郎归·山竹

江南春到绿般般，新娇破土关。挺身云雾耸腰山，高风岂惧寒。

云可断，节何弯，宁痴直笛弦。虚心韵调唱清泉，此情别也难。

阮郎归·重阳

秋风秋雨弄花黄，归人步故乡。去年今日是重阳，人间九九长。

新路上，旧时肠，举头见瓦当。梦魂纵使泪门墙，思亲天一方。

塞鸿秋·惊长生疫苗事件

惊天制假群情烈，中央决断言坚铁。捞钱试法良心劫，害群之马当绳绝。守牢道德弦，永驻清明月，人民期盼平安药。

伤春怨·寒春

雨打寒春路，折断肝肠身骨。盼弟一声声，泪眼穿破霜曙。

此时心牵步，带病横波渡。道不尽深情，手足涕、浇心澍。

少年游·效实中学百年华诞感怀 [1]

苍松烟树斗星桥，风物竞潇潇。百年学府，育才灏灏，今日涌新潮。

晚霞似火秋光好，情思若涛涛。岁月如流，最牵年少，甜梦旧时邀。

【注】

[1] 宁波效实中学创建于1912年，校址座落在宁波西门口北斗河畔。2012年10月20日举办了百年校庆。我于1962年毕业于效实中学，时日应邀参加校庆，五十年后同班同学相聚，风华年少皆成七旬老人，蓦然回首，百感交集，即兴填词。

生查子·菜园镇[1]所思

戊戌夏星移，结伴来离岛。昔时浪涛淹，今日成街道。渔港商贾云，轻舸游人笑。围海造田功，行史流光耀。

【注】

[1] 此处指嵊泗县城菜园镇。

生查子·元夜随想

酉年春节忙，就医奔天考。老伴侍床前，儿子当棉袄。亲家千里来，儿媳三更煲。温暖胜春熙，润泪新音绕。

生查子·寄人工增雨[1]

烈日煮禾田，飞鸟炉林浴。入伏气温高，急煞农家女。昨夜彻灯明，问计连天宇。火箭现雷霆，午见倾盆雨。

【注】

[1] 2013 年夏天入伏以来，浙江各地连续高温，给人民生活、工作等带来极大影响。各地人工降雨部门抓住积云机会，发射火箭弹及时催雨，收到了不同程度的成效。触景生情，由感而赋。

生查子·赛里木湖[1]

日照冷湖蓝，风起群羊白。远去小轻舟，草地云杉勃。
天鹅语悄悄，犹恐惊鱼鲅。牧笛唱悠悠，茶奶清清酌。

【注】

[1] 赛里木湖位于新疆博乐市。赛里木湖是天然优良的牧场，拥有多种奇珍异兽。

生查子·三衢山行

龙蛇争霸奇，仙女梳妆美。怪石走三千，峭壁岩林翠。
长廊藤紫牵，幽谷花馨泪。白鹭点花溪，娟秀挑人醉。

生查子·元宵节

年年元夕时，最忆灯牵柳。满月挂梢头，风带丝丝秀。钱塘不夜天，染得江如昼。笑语入千门，梅动香依旧。

生查子·长安古乐 [1]

行坐越千年，歌舞京城乐。流落在民间，一镜昭昭月。律调谱蓝田，笙笛悠山岳。古曲奏人间，遗韵天宫阙。

【注】

[1] 长安古乐起源于长安，是一套较为完整的古代乐曲系统，因此也有"世界音乐活化石"的声誉。

十六字令·无偿献血 [1]

行！卷袖心潮一水平。看抽血，不老世间情。

【注】

[1] 1991年4月4日，我带领省农行机关干部职工一起无偿献血，时年48岁。

霜天晓角·登望海楼[1]

风和日丽，百岛天光霁。耕海牧鱼蓝土，千帆走、游人骑。

七桥生瑞气，洞山烟绿绮。仙居只愁时短，夕阳下、无归意。

【注】

[1] 洞头望海楼位于浙江省温州市，登至楼上，可将远处景观尽收眼底。

霜天晓角·茶思

风霜几洗，一叶香千里。终有万盅难尽，长亭路、当留意。

青山茶岁记，薄云皆有义。凉了不须拘泥，抬头望、清霞寄。

霜天晓角·游山海关[1]

摩天剪烂，横岛雄关炫。都说奋戈挥骑，巾帼女，苍生念。

夕阳西渡漫，匾额牵醉眼。悠步上楼闲眺，霞似血，长城瀚。

【注】

[1] 山海关位于秦皇岛市，是明长城的关隘之一，有"天下第一关"的美誉。

霜天晓角·望海峰[1] 观日出

蒸云寝壑，巍座天台扼。云水渺渺轻舞，旭日海，千重色。

明霞光万褶，青烟缭百折。风卷极峰高处，沧瀛见，群山策。

【注】

[1] 望海峰指的是五台山东台顶，此处是观赏日出的绝佳胜地。

霜叶飞·汶川地震 [1]

地崩山裂。无情怵，万家横祸凶劫。半壶浊水荐黄花，见泪滴如血。护背你、无言诀别，但祈来世缘巢鹊。更爱娃声碎：母莫哭、天堂有路，惊梦常觉。

天地昏黯悲伤，国旗低垂，众志灾场真切。一丝希望万颗心，化竭岷顶雪。此际爱、云成海岳，回首磨难寒殇劫。细思量、朝前看，民族精神，国魂如铁！

【注】

[1] 悼念 2008 年汶川地震。

水龙吟·时代楷模丁望阳 [1]

新昌水望西阳，山霞似画英模钰。人生路上，光阴寸短，全凭驾驭。奋斗精神，魂之所在，掬之光裕。心系中国梦，情怀日月，功勋业，鸿鹄曲。

责任铸成荣誉，遍山紫、莺鸣花雨。风来雾过，艰辛创业，唯从全局。劳绩三分，千分心力，万分朝旭。向沧浪击楫，星帆争渡，峥嵘晴煦。

【注】

[1] 丁望阳，中国农业银行浙江绍兴新昌县支行原行长，2018 年 4 月 28 日，获"全国五一劳动奖章"荣誉称号。

水调歌头·关门山 [1]

夹水对峰秀，北国小黄山。三门两壁，云峭松石渺青烟。方折千枝妖艳，又见天兰 [2] 淑女，羞了半边天。移步换清影，忘却走人间。

汤河奔，飞瀑急，碧湖闲。波光红叶，妖娆风采赛江南。喜沐秋高气爽，欲借冰封雪飘，可惜夕阳残。但有再来日，必待鸟知寒。

【注】

[1] 关门山位于辽宁省本溪县，因双峰对立，宛若门状，故得此名。关门山属长白山山系，也有"东北小黄山"的称号。

[2] 天兰指天女木兰，是本溪市市花，曾在昆明世博会首次参展。

水调歌头·普陀山 [1]

古刹显宫净，鸟语话花闲。携来缭绕云雾，紫竹弄波澜。滩展潮高水落，洞响岩馨石剥，金沙映蓝天。百里桨帆竞，装点暗香湾。

磐陀坚，普济灿，莲花鲜。海天佛国，无限遐想在人间。难得双龟听法，心系琉璃宝塔，挺立白云边。但愿和谐久，岁月永相欢。

【注】

[1] 普陀山是我国四大佛教名山之一，有"海天佛国"的美誉。

水调歌头·峥嵘岁月 [1]

明月皎东海，浪激北仑山。路坡坎坎，双轮载夜辗霜还 [2]。方饮共同泉水，又见红梅吐蕊，风步走城湾 [3]。今夕是何岁？烛尽笑年关。

多少事，从来急，岂求闲。此生无愧，民间忧乐挂长帆。回首善滋朋辈，放眼祥龙世味，烂漫五花船。幽岛学垂钓，泊岸看波澜。

【注】

[1] 谨以此词贺善祥友退休。

[2] 当时自行车为最主要的交通工具，是工作用车，也是运钞车。

[3] "城湾""共同"为原镇海县（后划归宁波市北仑区）塔峙公社两个生产大队，现为两个行政村。

水调歌头·退休[1]

烟雨挽春色，纸使退休令。寄公四十余载，还得切身轻。饱历人生坎坷，留下清风晚景，最慰是公平。回首笑知足，长忆惟真诚。

深感慨，将诗进，念恩情。艰辛岁月，深心敲学透肺倾。慈母挥劳耕汗作，糟内持家负重，行色总匆程。常照泽光镜，谈笑诵梅经。

【注】

[1] 2008年4月12日，接到总行批准我退休的文件，虽无人找余谈话，却心平如镜，回首往事，一纸足矣，感怀填词。

水调歌头·退休自乐

风雨草民路，解甲在钱塘。一生何问名利，日月尽闲长。引睡诗书作伴，早起公园散步，吟句醉家乡。砚墨溅池学，断字倚东墙。

问生计，陈民意，纸三张。力图能及，研调如拾饭茶香。买进烟波八斗，吐出真丝一匹，何乐不匆忙？常挂感恩念，两鬓抹时霜。

水调歌头·圆梦北京奥运会[1]

盛世鼓箫跃，岁月玉音催。百年奥运圆梦，今夕旷云辉。鼎沸神州起舞，巢鸟良宵弄曲，圣火宇空归。新咏挽天唱，欢絮月宫飞。

千载愿，寻梦路，艰辛碑。福娃吐韵，京华秋事万民追。迎约洲天宾客，写下人间和爱，健步喜端杯。古国文明史，长卷见巍巍。

【注】

[1] 2008年8月8日20时，第29届奥林匹克运动会在北京开幕。我怀着激动的心情，边看电视边写下了这首词。

苏幕遮·秋日乡思

菊花黄，霜叶起。秋水生波，波似青罗绮。雁喊长空回北里。一缕乡魂，系去风云际。

寄青天，愁绪启。只为归期，好梦谙知意。冷静山湾人可忆？潇雨涟涟，只理游思细。

苏幕遮·山村茶事

菜花黄，桃叶涤。春醉茶芽，笋数清香滴。风起罗衣双手翼。捎去山歌，似约苍鹰击。

又新楼，开业吉。门卷幡旗，雅座无虚席。壶叫声声翻浪急。做客农家，韵尽诗心笔。

苏幕遮·嵩山 [1]

颍河歌，崖瀑蹈。峻极凌虚，日出嵩山坳。五代同堂峰不老。碑塔生辉，古刹晨钟早。

叠峦葱，云壁峭。风晚林涛，太室飞霞好。十度虹幡迎武罂。星晓观台，斗转知瑰宝。

【注】

[1] 嵩山位于河南省登封市，其拥有太古宙、元古宙、古生代、中生代、新生代时期的五种地质类型，故称"五代同堂"。

诉衷情·政协抒怀 [1]

事年花甲气心融，梅寄晚香浓。业无豪言壮语，只望挺邦风。

陈计策，进民忡，举由衷。试竿翁钓，明月生怀，浩瀚晴空。

【注】

[1] 2003 年 1 月到 2008 年 1 月，我当选中国人民政治协商会议浙江省第九届委员会委员，并担任农业和农村工作委员会常务副主任。五年中，年过花甲的我，深入农村、企业、山区、海岛调查研究，了解民情，反映民意，积极建言献策，不少建议、提案被党政部门采纳，为党和人民做了一些有益的工作，还多了不少忘年之交，是我人生路上的新里程。无论是夏天采荷，还是冬日钓雪，都记忆犹新。

踏莎行·居庸关

翠抱云台，花迷险路，满山枫叶霞烟吐。歪瓜裂枣客生津，传书鸿雁风声树。

岁岁雄关，长长史卷，点将台上红巾数。挥师守土势凌云，江山万里鸣钟鼓。

踏莎行·七十抒怀

岁月几秋，人生七步，花开花落悠悠路。山村小草久经霜，春回陌上南熏数。

两袖清风，一身泥土，拉纤踩浪为公渡。夕阳照我好人家，诗词百首年年富。

踏莎行·闲步义乌市民广场^[1]

灯上初更，薄云帷幔，层楼披绿阴阴见。凉风阵起淡波光，舞歌乱扑垂杨面。

玉兔凌空，巢归劳燕，古城昔日依稀渐。何来一爆^[2]力惊天？绣湖可解沧桑变。

【注】

[1] 义乌市民广场又称绣湖广场，是义乌城市的象征。在改造义乌市民广场项目的过程中，中国农业银行义乌市支行情系义乌，首家授信2亿多支持该项目，写下了浓重一笔。

[2] 一爆指地面引爆摧毁旧建筑物。

太常引·宿沈阳

窗含沈水忆春秋，新乐七千流。古邑问声道，被两代、王都一抔。

清风移月，民丰业盛，通道赛灯舟。时代万花稠，更四处、玫瑰^[1]散幽。

【注】

[1] 玫瑰是沈阳市花。

太常引·大唐贡茶院^[1]有拾

金沙泉水紫笋茶，贡院耀中华。检几片云芽，试茶品、沉浮似霞。

陆羽力荐，宫廷岁贡，香气醉天涯。雄阁夕阳斜，兴未尽、邀风请遐。

【注】

[1] 大唐贡茶院位于浙江省长兴顾渚茶文化风景区，距今已有千年的

历史，现院内拥有陆羽阁等多处景观。

太常引·枸杞岛^[1]拾景

伟崖屹立看潋波，山海靓观多。雾去夕阳过，岸涌雪、惊涛捧歌。

天蓝云白，晴空万里，帆影碧中播。更淡菜青罗，海上牧、星珠织河。

【注】

[1] 枸杞岛位于浙江省舟山市，因岛上多生植枸而命名。此地拥有小西天等多处美丽的景观，有东方"小希腊"的美誉。

太常引·寄语杜君退休^[1]

六旬光景似清波，往事水中磨。举杯问星罗：总能够、青春绽播？

夕阳万里，驾风驰海，直穿少年梭。展翅看帆过，比野鹤、诗情更多。

【注】

[1] 壬辰正月于宁波北仑为好友杜灿明退休而作。

太常引·人生如茶

南山二月剪春芽，片片袅窗纱。烹就一壶霞，把杯举、清香更加。

淡浓如自，浮沉不语，脉脉伴阳斜。莫道岁流华，过去了、人生似茶。

唐多令·二十春秋两瓶酒^[1]

红日照东楼，光阴如水流。二十年、路过稠州。好友相逢情似旧，两瓶酒，又共秋。

烟事去还逡，清风同渡舟。忆犹深、明月长留。珍把陈酿藏醉腑，忽觉得，屋添筹。

【注】

[1] 谨以此词赠给光寿友，感谢他忆述二十年前，他父女两次送两瓶酒、我两次退两瓶酒、二十年后重送两瓶酒的感人故事。辛卯年冬至于义乌。

天仙子·雪梅迎春[1]

枝间数声梅絮醒，飞雪焙红龙岁竟。竹风潇雨弄春音，花月静，溪流景，印水翠烟娆慷影。

岗上晚星云秀颖，人不负年年起敬。步宽闲庭伴寒香，天似秤，心如镜，明夕玉蟾应满径。

【注】

[1] 壬辰年岁末于九溪。

天仙子·昭君[1]墓感

琵调语声枝鸟引，行走水山苏草嫩。汉胡和亲润关河，车轨亘，相安信，七彩庆云倾眷顺。

九月塞边秋叶尽，唯有蒨冢垂荫荫。问君归里定何秋？拥黛寝，酣遒劲，情挽玉颜单于阵。

【注】

[1] 此处指古代四大美女之一的王昭君，其为民族团结所做的贡献广为后世赞颂。

望江东·立春偶感

山屋前头百年树，喜鹊醒、新枝数。春牛报讯贴门户，夜漏尽、莺晨曙。

春风一抹农时促，令鞭打、穷幽谷。待年之计在于逐，只望是、秋粳熟。

望江东·留守老人

湖岸西头石流路，彻夜盼、亲人渡。日升月落雁归去，揭不了、思量雾

年前电急铃无数，老幼笑、灯花澍。催孙速速理床铺，见面泪、晨鸡曙。

巫山一段云·百里骑车路 [1]

百里青沙路，双轮汗水流。家中钱少苦为舟，不屑百花洲。
都说春光好，谁知嫩骨忧？人生迈步历高丘，钩月照新秋。

【注】

[1] 余在宁波工作时，去老家来回一百二十多里路，一家人常骑自行车回家。

巫山一段云·题《富春山居图》合璧 [1]

浓墨纵丹卷，春江纸上流。水声山色跃千秋，百里傲松游。
本是同根木，云何截两收？如今合璧烁神州，洗去旧时忧。

329

【注】

[1]《富春山居图》是元朝画家黄公望所作名画。

武陵春·南太湖抗洪灾 [1]

梅雨绵绵湖水涨，日夜泼无休。道毁田淹百鸟迁，老屋危中沤。

行至长兴难迈步，陆上泛轻舟。只见茫茫一片丘，载不尽，救灾由。

【注】

[1] 1991年太湖发生严重洪灾，南太湖湖州、长兴等地农行基础设施遭受严重损坏，余泛舟与当地干部职工一起投入抗灾。

西江月·纪念长征七十周年

飞度雪关云嶂，点呼浩宇星光。万山千水破天荒，血染惊涛骇浪。

常读壮雄华章，国人齐力兴邦。高扬旗帜日华长，九九东风豪唱。

西江月·山城寄愿 [1]

方问江边涛色，重来却见三年。东风催日步蓝天，归雁丝丝情线。

明月照窗留客，清风拂面飞帆。满船壮志别巴山，破浪花开烂漫。

【注】

[1] 好友建龙在重庆市任农行行长近三年，勤勉清正，开拓创新，业绩显著，众口皆碑。2012年秋奉调即将到浙江任职，我专程去重庆看望，赋词一首留作纪念。

西江月·山舍

静静人闲归舍，涟涟水萃峰岚。林烟乱渡载弯山，梦醉娇云疏影。

影疏云娇醉梦，山弯载渡乱烟。林岚峰辇水涟涟，舍归闲人静静。

西江月·十七大感怀

济世伟论高展，炫天旗帜飘扬。翻天覆地国家强，古国花开星样。
科学步奔新路，炽昌凤翥龙翔。人间勋业唱和长，海岳前程无量。

西江月·乘筏楠溪江 [1]

春瑞梨花烟雪，日漪江岸林滩。七星八斗 [2] 映波澜，百里舟轻云淡。
刚踏急流声浪，又逢飞瀑清湾。田园山水惹人闲，谁不依依眷恋？

【注】

    [1] 楠溪江位于浙江省永嘉县，有"中国山水画摇篮"的美誉。

    [2] 七星八斗指古村落。

西江月·风阻嵊泗港 [1]

秋月海蓝天碧，横波蛟影鳞光。暮然云起斥帆樯，留我仙乡巨浪。
明日事追归急，登舟直面风狂。涛花九激又何妨？缆绳南洲津上。

【注】

    [1] 1994年秋日到嵊泗岛调研，事急必须归程。当日忽起9级大风，当地有关部门用专船护送过洋，途中惊涛骇浪，船中椅飞灯摇，终生难忘，最终安全抵达南汇码头。

西江月·湘江月寄

风树情根湘水，芙蓉闲伴沙星。满楼灯火不眠城，曼舞轻歌月影。
忘却客身何夕，只馨玉洁壶清。世间果有缆心亭，今晚苍穹悬镜。

西江月·中秋 [1]

尔问海天秋色，匆匆六十华年。今宵同渡月光船，摇起深情一片。

杨岙才声山外，城门飘忽眸前。旧墙有影却无边，回味丝丝拂面。

【注】

[1] 此词寄给同事陈中秋。

喜迁莺·清晨九峰山 [1]

壁不尽，雾浮屏，晖浸万千峰。翘观青岭薄云轻，邀尽画廊风。

山川注，龙涎吐，处处水歌幽谷。寻林深步到潭浔，飞瀑进游人。

【注】

[1] 九峰山位于宁波市北仑区，属太白山支脉，有"宁波市后花园"的美誉。

相见欢·中河 [1]

小桥疏影花红，碧纱笼。称道皇城根里水淙淙。

朝翡翠，夜灯汇，月流空。自古运河之醉凤山骢。

【注】

[1] 中河一带有皇城根的称号。

相见欢·岁寒有咏

熬霜风骨青葱，敌三冬。雪里兰梅寒岁伴苍松。

人靠志，才凭思，挽良弓。大浪淘沙惊处岸从容。

潇湘神·苏仙岭[1]

山炫名，山炫名，步云揭帖雾烟轻。隐寺锁空南翠嶂，松风藏福果然清。

【注】

[1] 苏仙岭位于郴州，拥有"天下第十八福地"的美称。

小重山·夏花

昨夜花开墙外明，风姿春不及，步轻轻。门前喜鹊跃无停，三伏里，抱子石榴婷。

心静夕阳亭，足歌无欲路、是归程。总将年事付宵暝，静悄悄，花月伴深情。

小重山·仙华山[1]

玉女凌空雾转裙。峭岩云谷动，万旗奔。仙华百里最峰林。山巅处，奇影草熙春。

枕石漱流魂。清泉抛碎玉，沐霄门。一泓碧水育嶙崟。凝思立，忘却夕阳沉。

【注】

[1] 仙华山位于浙江省浦江县，自古以来儒、道、释三家名流多来此仙峰修真，因此此处也有"第一仙峰"的称号。

眼儿媚·赋太空授课[1]

平步青云入穹宫，授课太空中。玉轻若絮，指推弦诵，美女从容。

六千万众连眸望，圆梦见师踪。大江南北，三山五岳，耳目生聪。

【注】

[1] 此处指神舟十号航天员王亚平和聂海胜在太空给地面的学生讲课。

眼儿媚·三门 [1]

风探银滩蟹蛏闲，舟叶织门湾。琴江未静，仙岩捷足，一抹龙蟠。

东方渔港扬帆远，旧梦绕云山。百年沉睡，如今启烨，万里晴澜。

【注】

[1] 三门县位于浙江省东部，是我国重要的海鲜养殖基地。

宴西园·秋菊

日照东楼凉荫，捎去九千花信。群艳傲霜寒，笑天阑。

又到秋深叶落，万里碧空淡沫。遍地菊花香，解愁肠。

阳关曲·后头湾 [1]

古藤烟树后头湾，栈道深深野草闲。逸踪一日胜千夕，涛里寻来明月还。

【注】

[1] 后头湾村位于浙江省嵊泗县，20世纪50年代此处曾是嵊山主要居住区之一，后因地理位置等原因，逐渐被废弃，任由树木、花草等肆意生长，现今看起来颇有些绿野仙踪的感觉。

阳关曲·落户

宅居辚转步无宁，淡泊人生几碾尘。凛梅喜爱麦苗坞，闲得清风三里亭。

阳关曲·不老情

影城[1]寰展九洲情，老友邀迎百草明。早闻几处鸟声细，香桂飘然天地情。

【注】

[1] 影城指横店影视城。

阳关曲·陈霸先[1]旧址观感

水高千丈把城淹，家境贫寒莫小看。远征近战积身世，时代留传陈霸先。

【注】

[1] 陈霸先是南北朝时期陈朝开国皇帝。

阳关曲·风岛[1]

踩涛拾景到风山，欲探风洞不待闲。果然此岛重情义，三老陪同风不凡。

【注】

[1] 此处指嵊山。因太平洋的风首先吹到这里，故称风岛。此日与三位年事超过八旬的老友同行，天高海蓝，清风悦人。

阳关曲·题诗画农行 [1]

问田耕月去来频，四秩春秋翰墨新。系魂可得凿井酒，薪火相传横海鲲。

【注】

[1] 有感浙江农行纪念改革开放四十年书画摄影展而作，戊戌仲秋。

阳关曲·无题

润山流水水长流，闭月羞花月自羞。借春乱梦梦追梦，酤酒浇愁愁更愁。

阳关曲·乡情 [1]

甬江潮起入湖天，莲唱西泠柳弄烟。夜灯叙旧话无尽，乡友情留山外山。

【注】

[1] 2018 年夏秋之交，家乡宁波 13 位行长来浙江大学培训，晚相聚于西子湖畔。

阳关曲·寻凉

伏天秋盼太愁肠，幸有清流浥北墙。就凉树荫旧时景，蒲扇牵风情意长。

阳关曲·女诗人徐惠[1]

太湖天月育诗人，多少豪英记不真。有幸览阅大唐史，寻找须眉无此君。

【注】

[1] 徐惠是唐朝著名才女。

阳关曲·金秋岁月

桂香飞雨落东河，舞步轻轻水韵多。劝君更惜夕阳路，年暮时光霞若歌。

谒金门·访济公故里[1]

人尊佛，门水似流魂魄。陌路皆歌衣帽破，酒中神气抹。

日见不平辩白，夜断苍生心脉。笑尽世间如梦事，醉镌峰枕卧。

【注】

[1] 济公是一位学问渊博的得道高僧，其故居位于浙江省天台县，是保存完好的南宋风格建筑。

一丛花·晓歇九峰亭[1]

龙溪泉水浥清亭，疏影插云屏。苍松作伴蝉鸣早，翠竹里、露滴烟凝。龙蟠狮踞，星檐斗柱，巍立瞰东瀛。

朝来移坐百花明，往昔总牵藤。樵歌便作寻踪路，满帘是、流曲峰青。此晓此景，十分眷恋，七在少时情。

【注】

[1] 九峰亭位于宁波市北仑九峰山网岙景区，亦称慕龙亭。

一剪梅·步邛海湿地[1]

迈步烟霞入鹭洲。飞雪芦塘，垂柳淹秋。夕阳欲下月亮湾，日月同辉，海上共舟。

碧野苍山育清流。波泛浩茫，莺唱枝头。此身只道在西湖，恬静渔村，岂有闲愁。

【注】

[1] 邛海湿地公园位于四川省西昌市，是全国最大的城市湿地。

一剪梅·樵夫歌[1]

筑舍南山四面柯。春鸟听泉，寒叶珠颗。秋风传讯雁归飞，热也山歌，冷也山歌。

都说人间好曲多。岩谷清音，该又如何？云天点断可凌霄，忧亦山歌，乐亦山歌。

【注】

[1] 余家居深山，年轻时曾当过樵夫，留有一诗：霜天采柴北山中，风卷寒衫汗贴胸。赶集换回三两油，书生原是荷樵农。

一剪梅·三江[1]月潮

月洒三江千里潇。水上舟歌，六岸灯挑。秋风轻抹老江桥。月又圆圆，人又潮潮。

贯世长河逐浪高。四海通商，万国华侨。港城腾起赛龙蛟。月亦吟吟，人亦滔滔。

【注】

[1] 三江指宁波市的姚江、奉化江和甬江。

一剪梅·探访女子越剧发源地[1]

一曲红楼心泪撩。空谷清音，春梦九皋。百年台柱墨犹新，日逝长亭，月洒西桥。

调出施门花弄娇。半是清流，半是香飘。剡溪越女尽风华，俏了梨园，宠了丝绦。

【注】

[1] 此处指古越国所在地浙江嵊州。

一剪梅·网岙[1]

挺九奇峰凌玉霄。碧水潺潺，修竹潇潇。无边梦境一泓来，门石花开，沐雨霞浇。

峡谷飞云香酒烧。一阙龙宫，四季兰桡。春风探路有谁知？红有梅苞，绿有松梢。

【注】

[1] 网岙位于宁波市九峰山。传说此地是渔民结网之地，因此得名网岙。

一剪梅·响沙湾[1]

大漠龙头弯月勾。沙令红丘，霞落含羞。轻驰漠骑唱凉州，浩瀚茫茫，飘浴悠悠。

风劲吹沙扫似流。波浪滔滔，驼列歌舟。此时唯觉漠中道，返朴归真，沙醉怀柔。

[1] 响沙湾位于内蒙古自治区达拉特旗，寓意为"带喇叭的沙丘"。

一剪梅·又是重阳[1]

风起钱塘窗雨扬，送走中秋，又是重阳。今年迟到桂花香，沁满东楼，冷落西墙。

一片秋愁百辗床，不想多思，却挂心肠。果然名手在滨江，除去阴阴，还我安康。

【注】

[1] 癸巳重阳，余住院手术，适遇钱塘江畔桂花二度重开，有感而赋。

一剪梅·思母[1]

慈逝悠悠八载凉。思也牵牵，泪也长长。夜魂常梦在龙峰，床舔慈祥，九转迴肠。

又是爹来又是娘。多少辛酸，多少坚强。悔深难以侍高堂，心愧鬓霜，泪洒门墙。

【注】

[1] 余幼时丧父，靠母亲上山砍柴、下田耕种把我抚养成人。万般辛苦，万丈深恩。

忆江南·雁门关

霜鼓起，月满雁门关。叠嶂峰峦飞石走，精兵强将九天来，独座塞尊台。

忆江南·过无锡[1]

春暮了，又到太湖边。柳絮烟飞情蕴蕴，舟帆远去影渐渐，能不意绵绵？

【注】

[1] 无锡位于江苏省，是著名的"鱼米之乡"，有"太湖明珠"的美誉。

忆江南·农行三十年冀语[1]

天下顺，改革沐春风。面向市桥探路径，农旗长卷越新峰，回首万千虹。

【注】

[1] 1978年12月18日召开的党的十一届三中全会传出了恢复中国农业银行的喜讯。三十年来，一代又一代农行人，始终坚持为"三农"服务的方向，深入改革，顽强拼搏，使农行由小变大，从弱到强，成为支持我国经济建设特别是农村经济发展的重要力量。

忆江南·迟桂花

西风紧，桂子扮时妆。几阵雨寒霜帐放，窗东又是菊花黄，偏有晚枝香。

忆江南·慈母心

农家梦，求学万山重。寒雪还无衣袖缝，一双鞋熨线漪穷，亲放布包中。

忆江南·雨游张家界 [1]

奇峰雾，更幻梦猜图。十里卷开谁出手，天桥千丈翠岚浮，岩顶傲霜株。

【注】

[1] 张家界位于湖南西北部，该地具有多个自然景观，是我国重要的自然生态保护区。

忆秦娥·电视剧《梁红玉》[1] 观感

号声咽，侵军十万黄天角。黄天角，敌强我弱，燕尘犹绝。

红巾披甲金山跃，计生击鼓千秋决。千秋决，灯明月照，乐馨宫阙。

【注】

[1] 梁红玉是南宋大将军韩世忠之妻。其为韩世忠击败金兵出谋划策的事迹，为世人所传颂。

忆秦娥·访昭君故里 [1]

萧萧月，香溪流水千秋乐。千秋乐，请行和泽，万重山岳。

草原慈母清风节，江陵儿女长歌阕。长歌阕，留芳塞外，雁翔晴雪。

【注】

[1] 昭君故里位于湖北省兴山县宝坪村，村内有昭君井、望月楼等多处历史遗迹。

忆秦娥·建言陈策 [1]

烟波接，医疗改革民情切。民情切，命人提笔，夜书心结。

案纵纸上详详列，问医看病先行药。先行药，年年春色，万家花帖。

【注】

[1] 1997 年 1 月 29 日，针对民众"看病难、看病贵"的问题，我在深入调研的基础上，向政协浙江省九届第五次会议提交了关于"建议常用药品实行零差率"的提案，并就办好社区卫生服务机构等提出建议，在社会上引起强烈反响，新华社据此发了通稿，全国数百家网站转载，当日被中华人民共和国中央人民政府网站收录。

忆秦娥·柳条湖 [1]

惊天劫。屠刀挥起三江血。三江血，横流天地，殖民凶绝。

山河破碎壮心烈，中华儿女谁能蔑！谁能蔑，勿忘史训，梦圆腾越。

【注】

[1] 柳条湖位于沈阳城北，是历史上"九一八事变"的发生地。

忆秦娥·松花江 [1]

江水急。犹闻昔日寒疆泣。寒疆泣，万民奋激，扫驱顽敌。

今朝百舸齐飞翼，绿洲两岸粮仓积。粮仓积，民殷物阜，九苍青碧。

【注】

[1] 松花江北源是大兴安岭支脉的嫩江，南源是长白山天池，流域面积巨大，是中国七大河流之一。

忆秦娥·雪后登北高峰[1]

云山白，雪风古道江湖脉。江湖脉，横空观海，镜翻烟陌。

攀峰穷目杭城庹，登高尽瞰波澜阔。波澜阔，朝阳似火，渔歌新拍。

【注】

[1] 北高峰指浙江杭州灵隐寺后北高峰。

忆王孙·烧窑人[1]

熊熊炉火烤全身，汗水如流砖里魂，桃外高楼百丈门。欲知君，无有窑砣秤草根？

【注】

[1] 此词系余年轻时的切身经历，拾句而成。

忆余杭·喀纳斯风光

流季名山，白绿红黄绵约替，茂林秀水两相依，沟壑盖云霓。

入蓝云绮湖光异，幻化叠谜惹人笔。桦披金叶丽人衣，净土夕阳低。

忆余杭·长沙访友

香桂传音，湘水怀情共对月，江堤晚唱品渔歌，情义载星河。

早成胸竹专湖笔。远任岂来浪风急！日披蓑甲亦如梭，忽见绿茵多。

永遇乐·灵桥路 141 号[1]

潮涌灵桥,顺风航启,行址新点。地市归檐,群贤毕至,济济鸿图展。三层旧屋,冬寒夏热,碾转早春秋晚。嚎河头,舟船十里,行歌水牵如练。

天封夕照,明州开放,大港农行奋干。服务三农,城乡连动,勤汗惊梁燕。四年春夏,几多改革,绘出创新诗卷。总遗憾、时楼此景,未曾笔砚。

【注】

[1] 1983 年,宁波地市合并。9 月 19 日省农行决定撤销中国农业银行宁波地区中心支行,另行组建宁波市支行,并搬入海曙区灵桥路一幢木结构三层旧小楼办公,直至 1987 年 8 月 27 日迁至宁穿路 33 号新大楼,历时四年。

渔父·春到麦庙港[1]

墙角红梅水底明,东君飞碧一泓星。园草笑,柳枝轻,乡歌最忆麦苗青。

【注】

[1] 麦庙港位于杭州市江干区城东新城。

渔父·管道升[1]

《渔父》词篇耳目新,风吹人世绕梁音。梅竹骨,蕙兰心,书舟画楫可渔尘。

[1] 管道升字仲姬，是元代著名的书法家、画家、诗人，其所作《我侬词》《渔父词四首》广为流传，所画《水竹图》等卷，现藏北京故宫博物院。后与其夫赵孟頫合葬于湖州。

渔父·戊戌径山行

好雨逢时润径山，千年刹雪洗尘凡。茶雾绿，塔烟岚，钟声永乐白云闲。

渔父·谒胡公祠[1]

高烛煌煌映劲松，香烟萦绕半天红。千石鼓，五峰拥，年年岁岁祭胡公。

【注】

[1] 此处指永康方岩所建造的纪念宋代清官胡则的胡公祠。

渔父·搬家[1]

含泪离门起五更，一家三口九车情。书柜重，旧衫轻，斜风接客月东升。

【注】

[1] 20世纪90年代初，我把妻子和小儿子接到我工作的杭城居住，留下大儿子托邻舍同事照顾，搬家之时依依难别，搬家之路颠簸心酸。

渔父·梅石双清[1]

梅润苔丝碧翼纱，石舒云卷赛莲花。金不换，玉无瑕，红颜白发炫京华。

[1] "梅石双清"位于杭州市佑圣观路，南宋时期，此地有块"芙蓉石"为宫中知名景点。石刻旁边种植一株梅花，梅石相对应，故此成名。

渔父·游根宫佛国文化园 [1]

醉世根雕万木奇，醒人禅语露凝玑。灵水作，九穷仪，闲心未尽夕阳西。

【注】

[1] 根宫佛国文化旅游园（即浙江开化县根博园）由一级民间工艺美术家徐谷青先生创建，是我国根雕艺术的汇聚地。

渔家傲·悼念刘英 [1] 烈士牺牲七十六周年

泪雨飞来江水激，英灵逝去方岩泣。烟幛伤心松露滴。陵园里，黄花万朵群声息。

救国为民风雨急，披荆斩棘青春血。浇灌青山穹昊碧。新时代，同心筑梦尊先烈。

【注】

[1] 刘英是江西瑞金人，是著名的革命烈士，陵园建在永康方岩。

渔家傲·梦游黄岩岛 [1]

漏夜睡深魂不老，悠悠登上黄岩岛。南海涛花分外好。波光里，五星闪烁渔帆早。

自古海耕牛酒劳，何来小鳖船边闹！日月昭昭天地道。良宵短，长空晓破吹军号。

[1] 黄岩岛是中国三沙市管辖中沙群岛中唯一露出水面的岛屿，是中国固有领土。

渔家傲·夜游凤凰古城 [1]

沱畔华灯清漫涤，扁舟过处朝朝丽。吊脚悬楼酬史意。乘虹骑，万千风景收睛底。

十里城墙雄鼓起，万家商铺门无闭。小曲悠悠乡里戏。迷人忆，凤凰展翅翔天霁。

【注】

[1] 凤凰古城，位于湖南省湘西土家族苗族自治州。因有一山形酷似凤凰，故此得名。北城门下的河面上有一条窄桥曾是当年出城的唯一通道。

渔家傲·双夏 [1]

晓月夜星风不起，恶蚊食血田间庋。烈日收种身尽泥。天知否，蚂蟥 [2] 螫我冰霜厉。

冷饭清香和水洗，农时辛苦为追季。指望丰年添瑞气。倾浊酒，杯中滴滴非容易。

【注】

[1] 双夏即夏收夏种，时七月底八月初，是江南收割早稻、插种晚稻最忙的时期。

[2] 蚂蟥是蚂蝗的俗名，多生活在稻田、沟渠、浅水等污秽坑塘处，以吸食血液为生，行动迅速。

渔家傲·宿神仙居 [1]

十瀑百岩峰骨异，夕阳已去人留意。天峤插空云展翼。千嶂逸，翠烟邀月山门闭。

茶酒一盅催梦起，将军情系青罗绮。睡美依依思范蠡。霜满地，林箫竹笛蝉仙气。

【注】

[1] 神仙居位于浙江省仙居县，是典型的流纹岩地貌风景区，有将军岩、睡美人等多处景点。

渔家傲·游大青山国家公园 [1]

寒雨秋来云色异，青山雾去留春意。海岛绿洲风雅地。丛林里，古藤萦绕牵罗绮。

拍岸惊涛沙浪起，牛头观海天光霁。峭壁奇礁烟雪际。凭栏倚，彩霞落日游丝细。

【注】

[1] 大青山国家公园位于浙江省舟山市，有多处精美景观。

虞美人·喀纳斯河

蛟龙奔激无停步，谁晓千程路？神仙滩雾昊池呼，都道嫦娥勾画月亮图。

清如碧玉涛花乳，浪挽云峰舞。北疆丽佼蹈绦游，恰似九天银烂向东流。

虞美人·忆农村往事

秋收冬作今年了，分配知多少？结工理账算盘忙，辛苦劳酬愁得月如霜。

广播一响云冈晓，莺唱天光早。村姑昨夜醉春芳，梦醒发红[1]携弟买新装。

【注】

[1] 发红指当时人民公社生产队年终分配，俗称年终分红。

玉蝴蝶·看望百岁离休干部[1]

高云入朝曦，窗染五星旗。抗战八年骑，为民十秋犁。

身轻心疾疾，言重语期期。先辈一盘棋，后人当奋蹄。

【注】

[1] 戊戌仲夏，我在省分行老干部科同志和湖州市农行领导陪同下，到长兴县登门看望、慰问了年事九十九岁的农行长兴县支行原行长、离休干部张存同志。

御街行·晓寻五柳巷[1]

丝丝岸柳垂河底，绿荫处、霞罗绮。葡萄藤卷玉珠青，闲草朝烟初起。光阴轮转，百匠人影，桥畔花丛里。

当年孔雀多娇地，七夕夜、银河洗。如今游子约黄莺，诗画翩翩幽逸。眉间往事，旧园新貌，清静忘归骑。

【注】

[1] 五柳巷位于杭州上城区，是南宋建筑遗址。附近有孔雀园、茉莉

园等多个历史遗迹。

长相思·观越剧《柳毅传书》

西风凉，北风凉。龙女奴羊何细量，仙间亦断肠。
情义长，相思长。千里洞庭珠泪扬，爱情天道酿。

长相思·沈园情

伤心桥，伤心桥。岸柳无情恨难消，梦魂在昨宵。
惊鸿悄，惊鸿悄。惟有相思酒可浇，玉人梳碧绦。

遮鸪天·有感信用社与农行脱钩[1]

四十年来雨与风，同耕春夏并秋冬。山山水水心中挂，户户村村足
下踪。

星疾疾，夜匆匆，挑灯不觉朝霞红。三农情结共牵梦，一旦分离泪
溢盅。

【注】

[1] 1996 年 12 月 8 日，"浙江省农村信用社与中国农业银行浙江省
分行脱离行政隶属关系宣布大会"在杭州举行，长期同甘共苦在农村金融
战线的广大行社干部职工深情满怀，热泪盈眶，依依难舍，让人久久不能
忘怀。

鹧鸪天·车过椒江大桥[1]有感

五里长虹接海门，车轮滚滚越乾坤。通途麦屿连新港，雪浪滔滔万
马奔。

追往事，感来今，筹资拾穗有心人。一湾秋色苍山抹，画出椒江十月春。

【注】

[1] 椒江大桥工程是国家重点交通建设项目，连接多条省道和国道，强化了台州与大麦屿港等港口的联系，对台州经济发展起着重要的作用。

鹧鸪天·春节

爆竹开花又一春，五更星晓拜年人。柳梳玉细枝荷宠，梅醒梢头苞夺尊。

风喜客，日临门，孙儿催促去龙村。今朝一岁全家长，不薄人间老耄身。

鹧鸪天·品茶有悟

万物人间似幕烟。淡心泊事雾中看。借来三月新芽煮，享尽重天瑶荟甘。

经雨雪，历烹煎。绿舟片片淡香添。沙风浊气轻一笑，晚节如茶立九天。

鹧鸪天·赠嘉兴农行 [1]

禾秀殷殷捧玉锺，赢来夏雨并春风。邀宾心感南湖水，待客情培百尺松。

人碌碌，酒浓浓，拨弦调韵曲歌通。操劳联谊潇潇笔，可作珍藏入册中。

【注】

[1] 为农行嘉兴市分行精心操办工农中建省分行老干部联谊会而作。

鹧鸪天·赠施君赴闽任职 [1]

寒岁明五州色天。园厅聚话暖春添。似烟往事谁能系？惟有奔潮如当年。

任重重，路熙熙。苍关 [2] 南出壮旌旗。莫忘桑梓乡音熟，闽水曾经越国 [3] 圻。

【注】

[1] 此词赠好友武龙赴闽任职。

[2] 苍关指位于浙江与福建交界处的苍南县。

[3] 越国是春秋战国时期兴起的诸侯国，都城在今绍兴。

烛影摇红·参观中国茶叶博物馆 [1]

黛色丛中,立一壶,不晓闲、长清味。尊胸装茗万愁无,天地风华瑞。

摩尽三千岁月，凭栏前、醇香欲醉。玉颜人品，待到来时，涓涓纤汇。

【注】

[1] 中国茶叶博物馆是茶文化专题博物馆，位于浙江省杭州市，馆内有六大展示区，从不同的角度讲述了茶的悠久历史文化。数千年来，茶文化逐渐深入人心，逐渐成为中国人民与世界连接的纽带。

烛影摇红·游双龙洞 [1]

石玉蜿蜒，两色龙，顶九峰、开洞府。轻舟平卧入宫庭，星炫千钟乳。

攀级犹闻震鼓，忽时间、寒风瀑布。巧工天赐，百丈冰壶，声声歌谱。

【注】

[1] 双龙洞位于浙江省金华市，因石洞两侧酷似龙头，故称为"双龙洞"。除双龙洞之外，中层洞口寒气逼人，深不见底，故名为"冰壶洞"。历来众多名人在此留下足迹。

祝英台近·清明扫墓

过清溪，攀雾径，风冷上山路。野草泥丸，脚印落沙步。年时此地云倾，忽然之际，雨如豆、难分尘土。

老天悟，洒泪何用珠霖？霁光霭重曙。见墓心酸，哽咽梦怀语：恕儿忠孝难全，如逢来世，报恩泽、不离朝暮。

醉花间·谒岳王庙[1]

心昭日，庙昭日，昭日人间世。雄志《满江红》，浩气垂青史。
山河千古石，报国平生事。忠奸岁月分，何费西湖拭。

【注】

[1] 杭州岳王庙位于西湖西北角，是为纪念岳飞而建造的庙宇。

醉花阴·楚门文旦[1]

晨雾夕阳云味淡，秋水澄文旦。流岁又重阳，坛尽枝头，满岛金光灿。

都言此物清身健，果润脾明眼。莫道不消愁，叶袅西风，独领寒香渐。

【注】

[1] 梦门文旦即玉环柚，是浙江省玉环县的特产。玉环柚种植历史悠

久，具有丰富的营养。

醉花阴·访龙井八景[1]

归隐虎溪桥含露，一片云高矗。十道挤龙泓，幽谷茶园，最合农家住。

兴来细步诗碑数，算问山寻故。壁上涤心歌，醉倒梅君，人入瑶林圃。

【注】

[1] 龙井八景指风篁岭等八处景观。清乾隆多次巡幸题咏龙井，因此闻名。

醉花阴·摆渡[1]

弯路新篁烟雾树，带雨春潮渡。人满水流深，挤破横船，只把风声数。

此心已去飞云浦，急隔江天步。年少贵时光，坎坷波澜，早使人生橹。

【注】

[1] 1955年，余12岁，就读清水小学，徒步四十里参加镇海县第一届少年先锋队代表大会。时过甬江到镇海县城无桥，首次乘渡船过江，可谓"人生第一渡"。有诗为证：手接通知喜上眉，县城开会第一回。夜来梦醒催身早，四十心程渡口飞。

醉花荫·芒种[1]

烟雨蒙蒙田舍走，农事声声透。燕子几飞来，细语轻轻，芒种君知否？

捧出泥香新醅酒，鞠拜农桑候。我既为篢翁，一亩心田，百载耕耘够。

【注】

[1] 芒种是传统二十四节气之一，既标志着仲夏正式开始，也标志着农忙的开始。

醉太平·回塔峙信用社旧址 [1]

城门似亭，清风旧情。小楼岁月添丁，接车流客行。

当年院庭，青苔梦生。一枝桂树高龄，伴黄莺数声。

【注】

[1] 塔峙信用社是余到金融系统工作的第一站，在这里当了六年多主任。此番到旧址时隔40余年，往事如烟历历在目，昔日情怀久久长存。

赋

初阳夕拾　诗词一千首

大陈岛赋

时值己亥仲夏，是日风清云高。余与同事乘高铁，搭轮渡，登大陈岛，烟海寻踪也，逐浪心潮。

夫大陈岛，古之名山，海之门户，战略晴澜。冈峦起伏，甲午雄岩；达浪通门，屏山灯湾。先民聚居，牧渔耕海；海上集镇，渔歌唱帆。更有烟墩遗址，抗倭立传；海上豪客，名垂桑田，展大陈人铮铮铁骨，书守岛人熠熠史篇。然而，乙未元宵，惊天浩劫。国民党军队实施拔根行动，炸毁渔船，毁坏码头，烧尽家具，强迁台湾，令全岛男女老少一万四千余众，悉数断肠离家，捧土吻别。唯留下废墟、地雷和荒土，留下不穷之思念和无数不眠之夜，留下了解放军进驻孤岛之千秋碧血。

适解放之大陈岛，满目疮痍，荒无人烟，孤岛新生，百废待兴。重建工作千头万绪，引人入岛才能破冰。响应号召一呼百应，立志垦荒一言九鼎。翌年一月，首批二百余位温州青年，乘坐小小之木船，满腔热血踏上垦荒征程，后志愿垦荒队员陆续增至四百六十七名。时交通之不便，条件之恶劣，开发之困难，生活之艰苦，牵动日月，震惊东溟。古人云："合抱之木，生于毫末；九层之台，起于垒土；千里之行，始于足下"。他们在党的领导下，效鸿鹄而志向四方，摘星星以点亮海岛，讲奉献而燃烧自己，视垦荒为今生归津。于是，挥铁臂以破荒土，洒珠汗而浇庄稼，集智慧以兴养殖，借科技而创新业，奉青春和汗水培育出"艰苦创业、奋发图强、无私奉献、开拓创新"之垦荒精神。百业为之兴旺，荒岛披上绿装，铜网养殖黄鱼，风电高唱祥云。国家一级渔港，千帆云集，桅樯如林，东海明珠，物华一新，鳞次楼房，窗闻莺晨。两岸交流，海峡朗吟，旅游热地，浩瀚清音。风霜最敬重奋斗者，岁月尤珍惜奋斗者，奋斗者之足迹，深深印在大陈。

今日之大陈岛，如新时代一艘现代化之巨轮，满载初心，满载阳光，破浪逐梦，且谱壮丽新章。余凝视着高耸入云之垦荒纪念碑，涌起之心潮久久不能平静，仿佛它在向我们讲解共和国一位领导人和大陈岛之故事，似乎它在告诫我们垦荒精神要薪火相传，奋斗自强。这是一座走进新时代之精神灯塔，这是中华民族挺起来之精神脊梁！

墨韵赋^[1]

夕阳亭下，岁寒老松。心潮涌壮，流思淙淙。挥翰墨以奋笔时代，集书画于戊戌季冬。阅百幅沉韵，皆不忘初衷。展青峰层峦，似玉楼万重。

时值复兴中华之筑梦腾焰，适遇恢复农行之四秋庆光。韵沉峥嵘岁月，墨泼改革开放。情系千秋大业，笔尽百年沧桑。采云间之灵感，邀贯日之虹芒。咏风雨之青史，歌锦绣之华章。盈卷正气，满目春芳。

曾是五年之前，长者结庐。"曜灵俄景，继以望舒。"建书画之院，数民族遗珠。老有所学，韵洒西湖。怡神养性，胜把玉壶。感日月之恩惠，赐墨韵而忘劬。纵梅竹于宣纸，驰点捺于尺书。超尘埃以闲静，忘烦事乎有无。犹置身于物外，得青春之新吾。苟潜心墨韵补体，何愁夕阳晚途。

笔耕不辍，墨韵常香。安知名利之所在，笑看人生放眼量。

【注】

[1] 此赋为浙江省农业银行老干部书画集《翰墨沉韵》代序。

网岙^[1]赋

故里网岙，坐落于九峰山之西麓。古时三面环山，一面临海，乃先民耕海牧渔之晒网之谷，故网岙之名呼之而出。蒋家埠北面有一沙滩庙，至今遗址尚有祈祝。随大陆架延伸，年复一年，沧桑巨变，蒋姓移民繁衍，建立蒋氏宗族。后分东西两房，计有一百余户，又建上下新屋，隔溪耕读。并陆续有其他姓氏定居，同村相处和睦。且自古乡风淳朴，世代人才辈出。乡民勤劳智慧，乐其互济相帮。崇礼义，尊孝道，讲诚信，恪守五常。新中国成立后，因城湾乡乡公所建在网岙，起名城联村，意含联结乡村四方。

夫网岙狮踞龙盘，享誉人间仙境。背靠啸天龙冈，面朝泱泱东溟。日出九湾山，霞沉仙迹岭。飞瀑从天降，碧潭闹中静。巍峨千丈岩，雄鹰欲腾骋。龙溪过石门，碧珠奏玉磬。

而旧时网岙，虽风光万千，因山深路荒，更水田奇缺，苦秋收冬藏。俗话云，在山靠山，路在心房。于是种茶栽竹，换布买粮；伐薪赶集，饱经风霜。随岁月之流逝，又海塘之新建，乃有人在塘内置田租田，亦有人外出打工经商。穷则而思变，路途却茫茫。多少长夜，多少梦想；多少期盼，多少回肠；多少汗水，多少担当。是五星红旗，使穷山沟换了新装。赞一代又一代的网岙人，谱下了新网岙的绚丽华章。

筑康庄大道，彰凝心聚力；建旅游景区，壮披荆斩棘。护绿水青山，展金山银山；铸美丽乡村，犹奋斗不息。浴火重生，浙东画廊；时代新村，穹碧烨光。

乙未正月，余拾闲回乡。进入岙口，九峰旗飘；心旷神怡，但闻梅香。是日云淡狮峰，风清溪岸；青山妆碧，绿水唱长。水泥公路，车流如织；老树凌风，墅楼门墙。庭前屋后，鸟语花香；柏香岩下，游客如潮。幽篁处石径寻梦，农家乐杏黄旗扬。阅人寰四季美景，终家山秀雅无双。

于是信步至"相约九峰"，看不尽花影万重。观旧日之火烧山，业成数顷之梅园。夫万株奇葩，香溢龙宫；龙溪流碧，桃李伴松；十里峡谷，栈道凌空；奇岩怪石，鬼斧神工。群峰嵯峨，峭壁烟丛；古树老藤，飞瀑霓虹。云中古寺，燕湖听钟；城市花园，海上芙蓉。天门开处半钩月，醉倒游子翠亭东。分明北仑港船笛，梦回疑是催归鸿。

噫吁嚱，去时匆匆，别亦匆匆。此景此情，感怀无穷；人生如茶，乡愁最浓。余出生于网岙，启蒙入学于蒋家祠堂。年轻儿少，度过我一生最美好时踪。是故心底家山永驻，难忘春夏秋冬；时光如能倒流，愿当时代山农；站在九峰山下，恭敬乡亲一盅；今赋歌章勾忆，权当思乡寸衷。

【注】

[1] 网岙位于浙江省宁波市，为中国新农村建设示范村，也是九峰山主要景点之一。

360

五星红旗赋 [1]

　　一九四九年之十月一日，第一面五星红旗在北京上空冉冉升起。古国之重生，四海而晴烟；人民以翻身，江河于新天。旗展春秋冬夏，扶摇七秩华年。历风云之岁月，昭气象于万千。五星照耀，引来日月光华；九州魂魄，牵动宇宙星宵。经济腾跃，复兴似潮。两弹一星，威震九霄。飞船登月，嫦娥多娇；港澳回归，航母旗飘。旗张主权，国际舞台上华贵雍容；旗凝民心，五十六个民族兄弟情结，同吹玉箫。国家富强，民族振兴，人民幸福，盛世天骄。

　　站在五星红旗之下，沐浴鲜红血染光芒。不堪回首之满目疮痍，不能忘记之民族存亡。幸南湖煦风，鸣红船起航。中国共产党，领路巍东方。中华儿女，前仆后继；披荆斩棘，浴火沧桑。洒热血于华夏大地，铸国旗于战场铁窗。一唱雄鸡，红旗如画。伟人挥手，天地举觞。扬国威于五洲，挺脊梁以崛起。爱灿灿之五星，铭历史而不忘。

　　奋斗之旗，迎风飘扬。逐梦航程，劈涛斩浪。继先辈之遗志，谱时代之华章。刻奋斗之足迹，立潮头而自强。七十年风雨兼程，七十年砥砺前行。七十年奋斗无息，七十年竭力殚精。七十年改天换地，七十年山明风清。新的时代，新的使命。新的希望，新的长征。初心如磐，实干践行。前人云："和则成魂，智则成峰，力则成韵"。幸福来自奋斗，追梦众志成城。终行健天下之大道，置社稷兴旺于心尖。遇百折而不停步，解万难于敢破冰。非常之事必待非常之人，改革开放当有铁骨铿铿。时光犹如白驹过隙，机遇只与奋斗相逢。五星红旗助九天揽月，特色思想引民族振兴。奋发有为展时代风貌，追梦圆梦创辉煌历程。

　　五星红旗，民族之象征，华夏之灵魂，人民之骄傲。我们为您歌唱，我们因您自豪；我们为您赋诗作词，我们为您泼墨挥毫！圆梦两百年，江山更妖娆。神州自信，心旗烁昊。千秋万代，奋扬朝朝。

【注】

[1] 谨以此赋向中华人民共和国七十华诞献礼。

学士亭赋

杭州柳莺里临西湖，柳丝依依，鸟语花香。园内有亭一座，名学士亭，枕水而立，饮湖漱芳。亭有六根红圆漆柱支撑，青瓦飞檐，美人靠椅，分外端庄。亭旁小桥流水，奇石观鱼；夏日风荷，蜻蜓点妆。

亭面朝凤凰之山旭，身沐雷峰之夕照；近观三潭之印月，远望苏堤之春晓。清波潋滟，柳烟袅袅。春剪桃花，亭开枝俏。

此亭是为纪念苏东坡大学士而建，故名学士亭。亭旁有一块学士桥石碑，年代已久，足以证明。故亭虽小巧，却让人肃然起敬；况盛世而立，勒西湖古今之铭。乃亭联所撰：学士长留湖天一碧，游人小住心迹双清。

东坡居士七岁知书，八岁能文。《春秋对义》，名震京师。奋厉有当世志，荣辱视作尘土。生性热情机趣，刚正不阿自持。政绩彪炳史册，诗词风清神驰。千古第一文人，岁月不老如斯。两次杭州任职，谱下辉煌史诗。

宋神宗熙宁四年，三十六岁，通判杭州。视察灾情，修复钱塘六井。陶情西湖山水，绝唱奇雨好晴。"欲把西湖比西子，淡妆浓抹总相宜"。从此西湖有了西子雅称，传世扬名。望湖楼醉书，"无主荷花到处开"，百雨跳珠，月湖生灵。借西湖之灵感，开豪放之词河。以浪漫之色彩，点湖山于仙泠。"湖山信是东南美，一望弥千里，使君能得几回来？""欲待曲终寻问取，人不见，数峰青"。

哲宗元佑四年，五十四岁，出任杭州太守。赈灾放粮，修建医院，治理运河，疏浚西湖。淤物筑成长堤，六桥连接南北。"苏堤""六井"，名垂古都。满腹文章，胸中万卷。情系钱塘，老幼问书。"一担重泥挡子路"，"两个夫子笑颜回"。与修堤村姑对联，佳对佳话，天文月锄。造福一方，纵歌西湖。

东坡爱杭州，人民崇学士。故事溢钱塘，老少诵苏诗。于是学士之桥，学士之路，学士之园，学士之馆，学士之院，杭城润滋。丙申金秋，借廿国杭州峰会之机；匠心独运，修柳莺里酒店新姿。亭台楼榭，错落有致。闲雅清静，凭栏四时。新建学士之亭，传承民族文化。展江南韵味，映天堂瑶池。

戊戌岁末，余应好友之邀，移步学士之亭。时日细雨绵绵，环亭皆碧。山色空蒙，柳浪舟轻。如斯丽景，勾起亭事无数，于是捉笔以赋，聊以敬仰心倾。

阳光赋 [1]

己亥岁初，连续数十天下雨。观不到日出，等不来日沉，阳光成为最稀缺的东西。农夫叫苦，黄莺不啼；出行怕天，烦潮沾衣。于是乎，楼上楼下，街头巷尾，多了阳光话题。

阳光，乃万物之源，生命之本。春有阳光，百花齐放；夏有阳光，万物茁壮；秋有阳光，五谷归仓；冬有阳光，寒友葱冈。人有阳光，生命得以延续，人类赖以兴旺，愁眉能于伸展，心灵抚平疮伤。则阳光照亮地球、照亮希望、照亮人生、照亮心房、照亮现代、照亮洪荒。

是故普天之下，公平且无私，宽宏而大方者，唯有阳光。所以老少无欺，便人皆享受，如愿以偿。余赞美阳光，因其燃烧自己，照亮别人。日复一日，年复一年，分秒不停，亘古不变，忙碌于宇宙以默默，奉献给爱河于茫茫。如斯大爱之胸怀，千古传颂，诗咏如狂。"杲杲冬日光，明暖真可爱""为忧鹏鸟至，只恐日光斜"。于是阳光政务、阳光社区、阳光交通、阳光学堂、阳光养老、阳光保康、阳光心态、阳光文章……据以万计，如无形巨变没沧桑。

夫感阳光之恩惠，当用心其珍惜。人生在世，拥有阳光是莫大幸福。看尽日出日落，享尽阳光沐浴，君当知足。况岁月似流，时光如梭，时不再来，机不可失，当始终保持阳光心态，少年应刻苦学习，壮年当奋力拼搏，老年则夕阳自乐，一生以阳光为追逐。且顺风顺势而不骄，风云突变而无惊；遇到挫折气不馁，战胜病魔有自信。胸怀大志，追逐梦想；铭记艰途，知恩图报；谦和坦荡，虚怀若谷。

阳光，可得亦可失，可留却可予。若丢失信仰，没有理想，鼠目寸光，患得患失，庸庸碌碌，虚度光阴，则阳光已丢失也。为人之着想，予人以阳光，乃高尚之阳光境界。少一点心机，多一份善意；把困难留己，让方便予人；退一步海阔天空，吃点亏秋霜高洁。"千山红树万山云，把酒相看日又曛"；"远路不须愁日暮"，东山还升三五月。待人以阳光，报之清平乐；世界充满爱，阳光最充足。

一分二分阳光，一寸二寸光阴。人生在历史长河中十分短暂，度过多少个阳光灿烂的日子也无法记清。好在完赋之时天霁日明，勃勃生机；春意盎然，莺鸣柳轻，阳光送余好心情。拍几张照片，沐春光留影；念阳光珍贵，赋晚霞歌声。

【注】

[1] 己亥如月于杭州。

后　记

　　《初阳夕拾：诗词一千首》付梓出版，为我的诗词生涯作了一个小小的总结。初阳也，年轻时的初心、志向、爱好、追求、梦想。在沐浴了阳光雨露和历经岁月磨练以后，在夕阳快要落幕的时候，把如烟往事、大千世界、所见所闻、所思所想，用诗歌的形式"拾"起来，汇编成集，献给社会，这是诗心所在、诗情所系、诗意所托。

　　"我国的诗词是中华民族的汉字文学的高级形式。"周汝昌先生的这句话，高屋建瓴，一语中的。诗起源于先秦，"关关雎鸠，在河之洲"，至今传诵不息。到了唐代，在李白、杜甫、李商隐、杜牧等一大批优秀文人推动下，开创了我国文学史上诗的鼎盛时代。到了宋代，以苏轼、辛弃疾、柳永、李清照为代表的一大批著名词人，又把词推向了历史的高峰。"江山代有才人出，各领风骚五百年"。几千年来，诗词作为中华优秀文化，扎根于华夏大地，孕育着中华儿女，进了学府，进了家庭，进了舞台，进了会场，进了网络，出了国门，始终是中华民族五千年优秀文化中一颗璀璨的明珠，唐诗宋词家喻户晓，四海闻名。

人们为什么喜欢诗词？因为它有情、有意、有生命。它不仅文字简洁、秀美，一篇几千字、几万字的交待，诗人用几十个字就能写清楚世界的真实模样或者心灵境界。更重要的是它可以把人带进诗情的世界、诗意的生活，成为生命中不可或缺的东西。林语堂先生说过这样一段话："诗歌通过对大自然的感情，医治人们心灵的创痛，诗歌通过享受俭朴生活的教育为中国文明保持了圣洁的理想。它时而诉诸浪漫主义，使人们超然在这个辛苦劳作和单调无聊的世界之上，获得一种感情的升华；时而又诉诸人们的悲伤、屈从、克制等情感，通过悲愁的艺术反照来净化人的心灵。它教会人们静听雨打芭蕉的声音，欣赏村舍炊烟袅袅升起，并与流连于山腰的晚霞融为一体的景色；它教会人们对乡间小路上朵朵雪白的百合要亲切，要温柔；它使人们在杜鹃的啼唱中体会到思念游子之情；它教人们用一种怜爱之心对待采茶女和采桑女、被幽禁遗弃的恋人、那些儿子在天涯海角服役的母亲，以及那些饱受战火创伤的黎民百姓。"这段话告诉我们诗情人生、诗意生活的深刻道理。几乎可以这样说，要是没有诗词，大千世界将暗淡无光，人生道路会枯燥乏味。诗词能给人间带来勃勃生机，诗意可予生活无穷乐趣，给人以享受，给人以阳光，给人以力量，给人以希望，这也是我们要传承发扬中华古诗词这一优秀传统文化的道理所至，责任所在。

酷爱诗词的我，一生追求诗意生活，逐梦诗情人生，从小与其结下不解之缘。我出身寒门，家徒四壁，家中几乎没有一样值钱的东西。上学以后，我用一本粗糙的本子，从书本里、报刊上或书店里抄录唐诗。读中学时省下钱买了几本诗书，直到参加工作时，凡是看到合适的诗词书籍，就买来学习，于是诗词书籍成了家里宝贵的财富。即使几次搬家，这些书总是伴着我奔波。开始只是背诵欣赏，后来慢慢拾句习作，几句小诗成行，一发不可收拾，于是"灯下翻开书一卷，摇起三支兰楫。细细读、圈红走笔。水调歌头声韵捉，对沁园春里长长笛。漱玉句，积床席""几曲狂歌涛上唱，自蹈波光浪迹"。然而中华诗词文化博大精深，相比之下本人才疏学浅，只能是"功不到、频频借力"。纵然是"阅尽青诗谙今古"，总还是"感岁月如刀衷衷逼。天晓白，是何夕？"尽管诗词浸注我难以忘怀的日夜和心血，也先后出版过《清风吟草》《步月随草》《九峰闲草》《流岁词草》四本诗词集，但由于本人诗词功底不深，《初阳夕拾：诗词一千首》肯定存在许多不当之处，恳请师长和读者指正并谅解，不胜感激。

本诗词集共汇集了我几十年吟写的诗词一千二百余首，押的大多是新声韵，原则上按古体诗与近体诗分类，将押仄声韵的五言诗、七言诗，以及四言诗、六言诗和未达到五言、七言绝句、律诗近代体裁要求的诗，均归入古风。需要说明的是，这些诗并非真正意义上的古风，只是为了便于分类而言，请勿另解。按上述原则分类，本书编入五言绝句一百三十八首，五言律诗五十首，七言绝句四百八十八首，七言律诗九十四首，古风一百二十首，词三百零五首，赋六首，其中词共收入词牌一百零四调。为便于查找，本诗词集设目录，目录按汉语拼音字母顺序排列，每一页码刊诗词二至五首。这里还要特别说明的是，有的诗词后面加了一些注，这与传统习惯上的注释有较大差别，从某种意义上讲是一种说明和历史记录，目的是为了增加年轻读者阅读和创作古诗词的兴趣，也是尊重和吸纳我以往出版诗词集时读者向我提出的建议，别无他意。编入本诗词集的作品相当大的篇幅是本人近几年未公开发表过的新作，对编入本集的旧作，原则上保留原有风貌。

"流光容易把人抛，红了樱桃，绿了芭蕉。"面对夕阳，我十分珍惜逝去的岁月、恩泽的阳光。本诗词集用浓浓心血记录了我艰辛奔波的人生足迹，诉述了在风风雨雨拼搏中的甜酸苦辣，寄托了对母亲含辛茹苦把我抚养成人的山海深情，追忆了与我风雨同舟一起工作过的同事、朋友和同学的深厚友谊，感恩我的老师、领导和故乡父老乡亲对我谆谆教导和帮助，感谢家人对我工作的支持、理解和奉献。本诗词集以大量篇幅深切怀念为建立新中国而浴血奋斗的先辈们的丰功伟绩，热情讴歌七十年来祖国走过的辉煌历程和翻天覆地的巨大变化，咏赞大好河山，崇尚时代精神，述怀人间真情。

弘扬民族正气，我以这本诗词集向新中国七十华诞献礼。并借本诗词集出版机会，谨向所有帮助、支持我的专家学者表示诚挚的谢意！特别要感谢我敬崇的德高望重、才高八斗的中国农业银行党委原副书记、副行长韩仲琦老领导亲自为本诗词集作序！衷心向关心我诗词作品的读者致以诗意般的美好祝愿！

蒋志华

己亥兰月于杭州